KB154362

상하이, 너를 위해 준비했어

편견을 깨는 도시, 상하이에서 전하는 특별한 여행 큐레이션

농호 상하이 지음

상하이,
너를 위해 준비했어

OTD

일러두기

1. 박물관, 예술관, 공원처럼 장소에 대한 이해를 도울 수 있는 장소는 한자 발음으로,
   기타 장소는 현지에서 쓰는 병음 발음을 한글로 기재하였습니다.
2. 주소는 중국어 주소와 영어 주소를 병기하였습니다.
3. 책에서 소개된 각 장소의 중국어 명칭은 번역앱의 이미지 스캔 기능을 이용하면 쉽게 스마트폰
   에서 이용 가능한 한자로 얻을 수 있습니다.
4. 변화가 빠른 도시의 수많은 정보 중 시간의 흐름에 영향이 적고 도시를 이해하는 데 필요한 정보
   를 엄선하여 구성하였습니다. 최신 맛집 도시의 소식은 인스타그램 @nongho_shanghai를 통해
   전달하겠습니다.

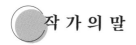

작 가 의 말

"당신의 상하이 여행이
더 즐겁고 더 행복했으면 좋겠습니다."

샛길로 새는 것을 좋아한다. 책임이 주어진 업무에 대해서는 철저히 계획하고 그대로 실행하는 J MBTI 유형 중의 성향을 갖고 있지만, 여가나 여행에서만큼은 무계획, 무지성의 예상 밖의 행동을 즐긴다. 찾아보지 않은 것에 대한 낭패를 보는 만큼, 생각지도 못한 것에 대한 환희가 있다. 상하이에서의 주말은 그런 환희의 연속이었다. 계획 없이 나가서 발길 닿는대로 걷다가 모르는 길을 만나면 두려움이 아닌 호기심이 일었다. 그 호기심을 따라 샛길로 빠지면 탐험가라도 된 양 설레고 즐거웠다. 그러다 마음에 드는 장소라도 발견하면 보물을 찾은 듯 행복했다. 그러다 아는 길에 다다르면 길이 이렇게 이어져 있다며 마치 큰 비밀을 발견한 것처럼 기뻤다. 그렇게 마음속 상하이 지도를 그려갔다.

상하이에 살면서 누린 가장 큰 행복은 '산책'이었다. 보통 도심 안에서 구역과 구역 사이에 딱히 볼 것이 없어 한 동네를 구경하고 나면 교통수단을 이용하여 다른 곳으로 이동해야 하는 경우가 많은데, 상하이 도심의 유명 지역들은 가로수로 이어져 있어 걸어가는 재미가 있다. 그래서 길을 걷는 것 자체가 여행이 되고, 그 길을 따라 산책하는 행복을 느낄 수 있다. 두 다리만 허락한다면 오동나무를 가이드 삼아 언제든 걷기 여행을 떠날 수 있다. 그러다 블로그나 책에 없는 곳을 발견하면 '이 좋은 것을 혼자만 알 수 없지'하며 기록한다. 무엇보다 가족들이나 친구들이 놀러 오면 가고 싶은 곳을 골라보라며 들이밀 작정으로 기록을 이어갔다. (정작 가족들이나 친구들은 아무것도 고르지 않았다. 더 지혜로운 선택을 했다. 나에게 온전히 시간을 맡기는 것. 데리고 가는 대로 가겠다며 여행 오마카세를 즐겼다) 그렇게 상하이에 대한 기록이 7년째 이런저런 플랫폼에 쌓여가고 있다. 쌓인 기록만큼이나 임시 저장된 기록도 상당하다. 이들이 어서 세상에 나와 누군가에게 도움이 될 수 있는 정보가 되길 바라며, 나는 오늘도 기록한다.

고백하자면 기록의 역사에 비해 조회수나 팔로워는 많지 않다. 이유야 다양하겠지만, 무엇보다 도쿄나 뉴욕처럼 인지도가 높거나 낭만의 대상이 되는 도시가 아니기에 수요가 많지 않다는 것도 한몫한다. 도쿄 여행기를 올리면 조회수가 금방 천이 넘는데 상하이에 대한 글은 사실 많아 봐야 그 밑이니 말이다. 그래도 기록을 이어가는 데 힘이 되는 것은 간간이 달리는 '덕분에 즐거운 시간을 보냈다'는 내용의 댓글이다. 댓글이 달릴 때의 그 기쁨이란! 그만큼 상하이를 매개로 많은 분들과 소통하는 즐거움이 크다.

영감이나 즐거움은 나눠야 두 배가 된다는 말을 믿기에 순전히 스스로의 영감과 즐거움을 키우기 위한 기록이었는지도 모르겠다. 이기적인 오지랖과 함께 정보의 유효기간은 나눌수록 길어진다는 명분을 하나 더해본다. 이런저런 이유로 나는 오늘도 기록한다.

　수요가 있어야 공급이 있는 것이 시장의 논리지만, 공급이 있어야 수요도 있다는 어떤 오래된 레코드 가게 사장님의 말씀이 오래 마음에 남았던 것은 내가 하고 있는 이 기록과 공유의 이유를 대변하는 것 같았기 때문일 것이다. 그리고 마침내 이 도시에 대한 객관적인 사실과 주관적인 느낌이 어우러진 기록이 책으로 탄생했다.

　한국인에게 그리고 중국의 상하이가 과연 사람들에게 매력적으로 다가올까? 여행과 출장으로 많은 분이 오고 가는 곳이며 예전보다는 줄었다고 해도 여전히 많은 한국인이 터를 이루고 살아가는 곳이지만 비자가 필요 없는 일본에 비해 접근이 쉽지 않은 이 도시. '이번 주말 오사카 가서 우동 먹고 올까?'가 말이 되는 문장이지만 '이번 주말 상하이 가서 샤오룽바오 먹고 올까?'는 복수비자를 받아둔 경험자가 아니고서는 불가능하니 말이다. 물리적으로는 참 가까운데 비자라는 행정적인 관문에 더해 중국이라는 정서적인 관문을 넘어야 올 수 있는 곳, 상하이.

　그럼에도 이 책을 쓰는 이유는 그만큼 상하이의 매력에 자신이 있기 때문이다. '상하이, 참 좋은데… 뭐라 표현할 방법이 없네'라는 마음에서 시작한 기록을 책으로 엮었다. 물론 이 책이 아니어도 상하이의 화려한 야경과 건물에서 즐거운 시간을 보낼 수 있겠지만, 이 책을 읽으면 더 보이는 것들이 있을 것이고, 느낀 점을 비교해 볼 수도 있을 것이며, 더 감도 높고 밀도 있는 시간을 보낼 수 있을 것이다. 이 책을 통해 상하이에 관심이 없던 분도 도시에 대해 흥미를 갖게 되고, 여행 계획이 있는 분이 정보를 얻고, 다녀가신 분이 그때를 추억하며 다음 방문을 기약한다면 더할 나위 없이 좋겠다. 한 번도 안 와본 이는 있어도 한 번만 와본 이는 없다는 어느 가게의 문구처럼 그 매력에 빠져 N번째 방문을 불사르는 상하이 러버가 많아질 거라 믿는다. '복수비자를 받아두고 다른 계절에 또 와야겠어요'라며 소회를 남기시는 분들이 많아질 거라 확신한다.

"당신의 하루가 행복했으면 좋겠습니다."
"당신의 상하이 여행이 행복했으면 좋겠습니다."
"다음에 또 오세요."

농호 상하이

목

차

PART 1

상하이의 멋과 향기
오감 만족의 여행

PART 2

상하이의 명소
천 년의 시간 위를 걷다

PART 3

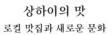

상하이의 맛
로컬 맛집과 새로운 문화

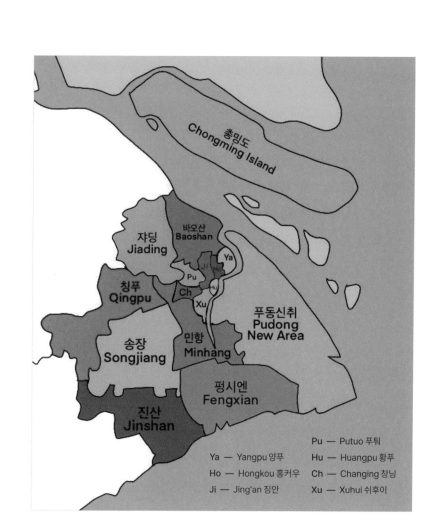

총밍도
Chongming Island

쟈딩
Jiading

바오산
Baoshan

Ya

Ji

Pu

Ch

Hu

Xu

청푸
Qingpu

푸동신취
Pudong
New Area

송장
Songjiang

민항
Minhang

펑시엔
Fengxian

진산
Jinshan

Ya — Yangpu 양푸
Ho — Hongkou 홍커우
Ji — Jing'an 징안

Pu — Putuo 푸퉈
Hu — Huangpu 황푸
Ch — Changing 창닝
Xu — Xuhui 쉬후이

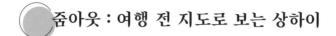
줌아웃 : 여행 전 지도로 보는 상하이

　여행을 떠나기 전 먼저 지도로 상하이를 살펴보자. 대륙의 끄트머리에 툭 튀어나온 모습이 새의 부리처럼 보인다. 강의 하류에 긴 시간 동안 토사가 쌓여 형성된 지역이라 산맥은커녕 뒷산 하나 없이 평평한 지형으로 이루어진 상하이는 황푸강黃浦江Huangpu River을 기준으로 동쪽과 서쪽을 나누어 동쪽을 푸동浦东Pudong, 서쪽을 푸시浦西Puxi라 부른다. 같은 브랜드의 호텔이라도 푸동에 하나, 푸시에 하나 있는 경우가 많아서 이 명칭을 익혀두면 상당히 도움이 될 것이다. 인천공항에서 비행기를 타면 도착하는 푸동 공항은 당연히 푸동에 있다. (김포에서 비행기를 타면 푸시의 홍차오 공항에 도착하므로 동선에 맞게 선택하는 것을 추천한다. 시내로 오가는 홍차오 공항이 훨씬 가깝고 공항 자체가 작아서 입국 시간이 단축된다)

　푸동은 1900년대 후반부터 개발이 이루어졌기 때문에 첨단 기술로 지어진 빌딩들이 모여 마천루가 형성되었고, 푸시는 상하이의 전통과 역사를 가진 지역이기 때문에 두 곳의 분위기는 굉장히 다르다. 그 차이를 한눈에 볼 수 있는 곳이 바로 황푸강黃浦江 주변인데, 이 강의 서쪽에 있는 와이탄外滩에는 18세기부터 19세기에 지어진 유럽식 건물이 늘어서 있고 동쪽의 루자쭈이陆家嘴에는 20세기 후반부터 들어선 초고층 빌딩이 어깨를 나란히 하고 있다. 그래서 와이탄에서는 뒤로는 웅장한 건물들에 과거로의 시간 여행을 하고, 강 건너 원근감으로 인해 작아 보이는 초고층 빌딩을 보며 미래로의 시간 여행을 할 수 있다. 조명이 켜지는 밤이 되면 서로 다른 모습이 만들어내는 아름다움은 배가 된다. 한 번의 밤에는 와이탄에서 루자쭈이를 보고, 다른 밤에는 루자쭈이에서 와이탄을 바라보는 것을 추천한다. 숲을 보려면 그 숲에서 나와서 보아야 한다는 말처럼, 멀리서 바라보면 또 다른 조망을 즐길 수 있을 것이다.

뿌리는 송장에서, 호황은 황푸에서

선사시대부터 상하이의 뿌리가 되는 곳은 송장松江이지만, 19세기 초부터 서양 제국주의에 의해 상하이에 여러 조계지가 형성되고, 동방의 최대 무역항으로서 경제적인 전성기를 누리며 황푸강을 중심으로 발전이 이루어졌다. 근현대사 이후 상하이 중심은 황푸강에 가까운 순서대로 형성되기 시작했는데 황푸취黃浦区, 징안취静安区, 쉬후이취徐汇区, 창닝취长宁区 등이 그 주인공이다. 때문에 선사시대부터 청나라까지의 상하이의 역사는 송장취에, 근현대사의 자취는 황푸

Point

야경 보기 좋은 장소 두 곳

❶ 푸시 와이탄外滩 — 中山东一路, First East Zhongshan Road
❷ 푸동 빈장따다오滨江大道 — 陆家嘴西路2967, West Lujiazui Road 2967

취, 징안취, 쉬후이취에 있다. 근교에 해당하는 자딩취, 바오샨취, 펑시엔취는 최근 10년 사이 신도시 개발이 많이 이루어져 대규모 거주단지, 학교, 회사 등이 있고, 넓은 공원이나 놀이공원, 유원지 등 가족 단위로 즐길 거리가 많은 편이다.

* 취區 : 우리말로 '구'에 해당하는 병음 표기

Point

 # 한눈에 보는 구역별 명소

❶ 황푸黄浦 — 100년이 넘은 상업 거리 난징동루南京东路, 아름다운 건축물이 즐비한 와이탄外滩, 강남의 정원 예원豫园, 대한민국임시정부기념관大韩民国临时政府, 전통 가옥 스쿠먼을 살린 신티엔디新天地, 도심 속 쉼터 푸싱공원复兴公园

❷ 징안静安 — 도심 속 사찰 징안쓰静安寺, 세계에서 두 번째로 큰 규모의 스타벅스 로스터리星巴克臻选上海烘焙工坊, 상하이 전통 가옥의 변신 장웬张园

❸ 쉬후이徐汇 — 100년의 아름다움이 쌓인 우캉루武康路, 성스러운 쉬자후이徐家汇

❹ 송장松江 — 놀이공원 환러구欢乐谷, 상하이 유일한 산 서산佘山, 광푸린역사문화공원广富林文化遗址

❺ 푸퉈普陀 — 세계적인 영국 건축가 헤더윅스가 설계한 티엔안치엔수大洋晶典·天安千树

❻ 홍코우虹口 — 강변 공원 베이와이탄北外滩, 윤봉길 의사의 매헌 기념관이 있는 루쉰 공원鲁迅公园, 유태인 난민 시절의 이야기가 담긴 유태인난민기념관上海犹太人难民纪念馆

❼ 민항闵行 — 가까운 수향마을 치바오구전七宝古镇

❽ 자딩嘉定 — 샤오롱바오의 고향 난샹 마을南翔古镇

❾ 칭푸青浦 — 수향 마을의 변신 판롱티엔디蟠龙天地, 수향 마을의 대명사 주자자오朱家角

① 황푸 黃浦

올드 상하이 감성을
간직한 와이탄 外滩

② 징안 靜安

도심 속 황금 지붕을 가진
절 징안쓰 靜安寺

③ 쉬후이 徐汇

명품 가로수길, 우캉루 武康路

④ 송장 松江

상하이의 뿌리,
광푸린역사문화공원

⑤ 푸퉈 普陀

세계적인 건축가 토마스 헤더윅이
설계한 티엔안치이엔수 天安千树

⑥ 홍코우 虹口

유태인과 상하이의 이야기를
간직한 유태인난민기념관 犹太人难民纪念馆

⑦ 민항 闵行

가까운 수향마을
치바오 구전 七宝古镇

⑧ 쟈딩 嘉定

샤오롱바오의 고향,
난샹마을 南翔古镇

⑨ 칭푸 青浦

수향 마을의 변신,
판롱티엔디 蟠龙天地

조금의 애정법으로

사실 도시나 사물의 객관적인 정보는 참 건조하다. 다만, 바라보는 사람의 마음 온도에 따라, 관심의 정도에 따라, 흥미의 유무에 따라 각각의 대상은 저마다 다른 의미로 기억되거나 추억된다. 상하이 여행으로 시작해 이어진 나의 상하이 라이프도 그렇다. 사람 사는 것은 다 비슷한데 애정이 생기고 난 뒤에는 참 애틋하다. 이 현상을 한마디로 정리하는 문장이 있다.

'사랑하면 알게 되고 알면 보이나니, 그때 본 것은 전과 같지 않으리라'

조선시대 문인 유한준(1732~1811)이 쓴 '지즉위진간知則爲眞看'을 <나의 문화유산 답사기>를 쓴 유홍준 교수가 번안한 문장이다. 이 도시를 사랑하게 되고, 알게 되니 많은 것들이 보이게 되었다. 매일 같은 것을 보아도 똑같은 것이 하나도 없다. 전과 같지 않다. 도시의 변화가 크기 때문이기도 하지만 가장 중요한 것은 마음에 깊이 새겨진 애정 때문일 것이다. 그래서 오늘도 오고 가며 보이는 것들을 기록하고 생각하며 나누고 있다.

새롭거나 익숙하지 않은 것을 마주할 때, 마음 밭에 먼저 심어진 편견이나 로망에 따라 다른 평가에 다다르는 것을 경험한다. 뉴욕의 더러운 지하철은 자유의 낭만으로, 오피스 빌딩의 정결함은 선진성으로, 상하이의 깨끗한 거리는 공산국가의 철저한 관리로 인한 경직된 분위기로 해석되기도 한다. 우연히 길에서 한국인 관광객이 무단 횡단을 하는 사람의 모습을 보며 '역시 중국인은......' 라며 혀를 차고, 목소리가 큰 사람들을 보며 다시 역시 중국인은 시끄럽다고 이야기하며 자신의 믿음을 확고히 하는 모습을 보기도 했다. 이제는 많이 변해가는 것 같기도 하지만, 유독 중국에 대해서는 우리보다 '덜 문명화된 곳'으로 바라보며 가르칠 것을 찾는 분들을 종종 본다. 나 또한 그랬기에 누구보다 이해하는 마음이다. 그런데 어느 날 그런 자신의 태도를 발견함과 동시에 그런 자세와 선입견이 경험과 생각의 영역을 제한시킨다는 것을 깨달았다. 그 후, 다시 본 상하이는 전과 같지 않았다. 비로소 제대로 빛을 보는 진정한 관광觀光이 시작되었다.

선입견은 우리가 보고 느낄 수 있는 영역을 제한시킨다. 그리고 더 무서운 것은 그 선입견이 잘못되었을 수도 있다는 것이다. 한편, 여행은 스스로도 인지하지 못했던 선입견을 발견하고 깨트리는 좋은 기회가 된다. 그래서 여행을 통해 우리는 조금 더 마음의 영역이 넓은 사람이 된다. 여행하다 보면 나도 모르게 가지고 있었던 편견을 마주할 수도 있고, 그걸 끄집어내고 나면 마음의 방과 세상을 보는 방식이 더 넓어질 수 있다. 추상적인 관념이었던 대상을 직접 만나고, 덩어리로 보던 나라와 도시 안에 들어가서 가까이에서 보면 굳이 이해하려고 노력하지 않아도 알게 되는 것들이 있으니 말이다. 그러다 정이 들면 또 다른 이야기가 펼쳐진다.

일이나 유람을 목적으로 다른 곳에 가는 것이라는 여행과, 나라의 광휘를 본다는 관광을 더욱 풍족하게 즐기는 가장 좋은 방법은 바로 애정법이라고 생각한다. 상대에 애정이 생기면 이해되지 않는 것은 불평이 아닌 궁금함과 호기심이 되고, 삶의 여러 가지 방식을 접하다 보면 그만큼 우리의 그릇은 넓어질 것이다. 애정법과 함께라면 상하이 여행, 상하이 라이프는 분명 전과 같지 않을 것이다. 애정이

넘칠 수 있도록 상하이의 매력을 멋, 곳, 맛 세 개의 분야로 준비했으
니 마음껏 즐기시길 바란다.

여름이면 가로수 녹음이 짙은 상하이의 길

상하이를 여행할 때 필요한 10가지

01

구글맵은 넣어두세요. 바이두디투百度地图나 가오더디투高德地图를 사용하면 훨씬 정확하고 최신 장소 정보를 얻을 수 있습니다.

02

현금 없는 사회의 가장 가까운 형태의 중국, 현금 사용하는 곳을 보기가 어려울 정도로 QR코드 스캔이 활성화되어 있습니다. 중국어로 '쯔뿌바오支付宝'라고 부르는 알리페이Alipay 앱을 내려받은 뒤 한국 카드를 등록하세요. 알리페이 앱이 있으면 대부분의 앱을 미니 프로그램 형식으로 사용할 수 있으므로 택시를 잡을 때 필요한 디디滴滴도 이용할 수 있습니다.

03

보통화가 공식적으로 사용되지만, 상하이 방언이 따로 있어 상하이 사람들끼리는 상하이화로 이야기합니다. 다른 지역 사람들은 못 알아듣는 경우가 많습니다. 중국은 지역별 방언의 차이가 매우 큰데, 공식 언어인 보통화를 배워 서로 의사소통하지만 말투에서 출신 지역 언어의 영향을 느낄 수 있습니다.

04

상하이에는 외국인도 많지만 다른 도시 출신 사람들도 많이 살고 있습니다. 워낙 지역마다 생김새나 말투, 문화가 달라 '중국인'이라는 단어에는 다양한 출신 사람들이 포함되어 있습니다. 같은 중국인이어도 북방과 남방 출신은 외모나 문화 차이가 크기 때문에 같은 나라 사람이라도 다르다는 것을 기본으로 생각하는 것을 봅니다. 그래서 통성명을 할 때 이름 다음으로 자주 묻는 것이 '어느 지역 사람인가요? 您是哪里人?'입니다. 우리나라의 '나이'에 대한 질문처럼 자주 묻습니다. 혹시 갑자기 현지 여행객이 중국어로 길을 물을 수도 있습니다. 조금 다른 분위기를 풍기는 관광객일지라도 워낙 '중국인'에 대한 범주가 다양하기 때문에 같은 아시안 생김새를 가진 분들에게는 외국인일 것이라는 생각을 못하고 편견 없이 물어보는 경우가 종종 있습니다. 참고로 상하이 여행지에는 상하이 현지인보다는 다른 지역에서 온 중국인 관광객이 더 많으니 비슷한 듯 다르고, 다른 듯 비슷한 다양성의 미묘함을 느껴보세요.

05

식당에서 네모난 상자에 든 휴지를 사용할 경우 사용료(2~4원)를 지불해야 하니 참고하세요. 사용하지 않았다면 결제할 때 직원에게 말하거나 티슈 박스를 보여주면 값을 빼줍니다.

06

지형적인 특성상 대부분이 평지라 자전거 타기 참 좋은 도시입니다. 공유자전거가 어디든 준비되어 있으며 앱에서 이용할 수 있는 범위를 알려주니 참고하여 즐겨보세요.

07

상하이의 여름과 겨울은 습하게 덥고, 습하게 춥습니다. 여행의 계절로는 4월부터 6월 초, 9월 말부터 12월 중순을 추천합니다.

08

상하이는 중국에서도 연휴마다 가장 선호하는 여행지로 손꼽힙니다. 게다가 중국의 연휴는 기본 3일에서 10일 정도로 길어 연휴에는 상하이 관광지마다 굉장한 인파가 몰립니다.

*대표적인 연휴: 춘절(음력 1월 1일로 공식적으로는 약 7일 정도지만 정월대보름까지 쉬는 경우가 많음), 노동절(5월 1일 전후로 약 5일), 국경절(10월 초 약 7일)

09

비자의 경우 단수비자 및 출입국도장세트를 2회 발급 받은 이력이 있으면 복수비자를 발급받을 수 있습니다. (2024년 8월 기준입니다. 자세한 내용은 비자센터 공지사항을 확인하시기 바랍니다.)

10

제3국에 가기 위해 환승으로 상하이에 머무는 경우 상하이 공항에서 24시간 이하 체류(경유), 144시간 이하 체류(단기 체류) 임시 비자를 발급받을 수 있습니다.

1

상하이의 멋과 향기
오감 만족의 여행

2023년에 열린 루이비통 시티워크가이드

상하이의 색은 빨강이 아니다

중국 하면 떠오르는 색깔을 물어보면 누구나 같은 답을 할 것이다. 바로 빨강. 중국에 대해 전혀 모른 채 그저 하나의 붉은 덩어리로 생각했었던 적이 있었다. 그런데 막상 중국에 와서 이 도시 저 도시를 다녀보니, '중국'이라는 단어는 몹시 추상적인 단어인 것을 알게 되었다. 이 두 글자를 가까이서 열어보니 그 안에는 무지개에 가까운 형형색색의 도시들이 있었기 때문이다. 하나의 성마다 도시마다 특징과 매력의 차이가 확연하여 '중국'이라는 국가가 가지고 있는 정체성보다는 해당 지역이나 도시의 이름이 기억에 남았다. 그래서 그런 것인지, 이곳에서는 첫인사를 할 때 나이를 묻기보다 어느 지역 사람인지를 묻는다. 그래서 온라인에서는 상하이에서의 일들을 기록할 때 공식 언어인 보통화에서 안녕을 의미하는 니하오你好 대신 상하이 방언의 농호侬好를 붙여 '농호 상하이'라고 내 이름을 지었다. 한자를 병음 대로 읽으면 '농하오'가 맞지만 '농호'라 표기한 이유는, 최대한 상하이 사람들의 발음을 따르고 싶었기 때문이다. 실제 방언을 들어보면 농호와 농허 사이 그 중간 어딘가의 소리가 난다. 그렇게 농호 상하이가 시작되었다. 상하이 방언 발음으로 읽으면 '농호상해'다. 평평하게 읽으면 조금 부족하다. 리듬감을 살려서 농→호→상↗해↘

라고 해야 그나마 조금 현지인 발음에 가까울 것이다.

2023년 11월, 전 세계의 도시를 다양한 관점에서 소개하는 루이
비통의 시티 가이드가 상하이를 찾았다. 상하이의 어머니 강으로 불
리는 쑤저우허苏州河 근처에서 100년 넘게 자리를 지킨 낡은 공장 부
지가 포토그라피스카Fotografiska라는 갤러리가 되었는데, 이곳에서 팝
업 전시와 함께 상하이 시티 가이드를 공개했다. 도시의 역사, 문화,
예술, 패션, 레스토랑 등 다양한 정보는 물론 로컬 라이프와 트렌드
를 전하여 여행자들이 해당 도시를 깊이 있게 경험할 수 있도록 만드
는 시티 가이드의 인사말은 니하오가 아닌 농호侬好였다. 이것만으로
도 루이비통이 도시의 정체성에 집중하고 깊은 이해를 바탕으로 프
로젝트를 진행하는 것이 느껴졌다. 호기심이 일었다. 루이비통의 신
상보다 그들의 생각이 궁금했다. 간간이 도시의 특징을 살려 홍보하
는 명품 브랜드를 보아왔지만, 이렇게 제대로 된 헤드라인을 상하이
방언으로 내세운 것은 미국의 햄버거 브랜드 쉐이크쉑Shake Shack 이후
처음이었다.

2019년 초, 상하이에 처음 쉐이크쉑이 상륙할 때, 농호侬好를 벽
면 인사말로 크게 적고, 메뉴 이름에도 지역 명소를 사용했었는데 이
것은 글로벌 브랜드의 좋은 현지화 사례로 꼽히고 있다. 하지만 대부
분의 브랜드는 몰라서인지, 그닥 중요하다고 여기지 않았던 것인지
그간 눈에 띄는 마케팅이 없었는데 루이비통의 상륙과 이후의 신선
한 행보는 굉장히 흥미롭고 호기심을 자극하는 것이었다. 그들은 색
깔 선택에서도 탁월했다. 빨강이 아닌 에메랄드 블루였다. 진한 청록

색과 에메랄드 그린이 혼합되어 신비로운 분위기를 풍기는 이 색상은 고급스럽고 우아함을 자아내는데 상하이의 전반적인 분위기와 잘 어울렸다. 루이비통은 지금까지 다른 도시에서 그랬던 것처럼 도시가 가지고 있는 다양한 매력을 글과 그림, 사진으로 풀어내어 시티 가이드를 선보였는데, 상하이에서는 한 가지를 더 추가했다. 바로 도시 곳곳을 걸으며 누릴 수 있는 것을 소개한 것이다. 그래서 이번 전시의 이름은 시티 '워크'가이드^{CITY 'WALK'GUIDE}라고 명명했다. 걷기 좋은 도시인 상하이의 매력을 십분 이해한 제목이었다. 전시장을 둘러보고 강변을 따라 자연스럽게 걷다 보면 상하이 제1의 관광 명소인 와이탄으로 이어졌다.

그 외에도 인상 깊었던 점은 쑤저우허 주변 산책로와 배까지 연결하여 상하이라는 도시를 즐길 수 있게 만들었다는 점, 카페 메뉴에 상하이의 전통 디저트를 마련했다는 점, 런던·뉴욕·파리·서울·멕시코시티·도쿄 등등 세계의 메트로시티에 대한 여행서도 같이 전시되어 있다는 점, 루이비통을 시작하게 한 각진 여행 가방의 여러 형태의 가방으로 동방명주를 만들었다는 점, SHANGHAI 알파벳 모양으로 만든 미니 가방으로 전시장 한편을 꾸몄다는 점, 시티워크라는 콘셉트에 맞는 여행할 때 걸치기 좋은 제품들을 전시해 두었다는 점이었다. 카페 코너 한편에 위치한 화면에서는 상하이의 전성기인 20세기 초반 당시의 이야기가 흘러나왔다. 넋을 놓고 영상을 보는 사이에 주문한 음료가 나왔다. 기쁠 희囍가 새겨진 유리잔 두 개가 월병 틀을 쟁반 삼아 담겨 나왔다. 함께 나온 디저트는 영상의 배경인

1920년대에 지금의 크루아상처럼 인기가 높았던 고깃가루 로송肉松이 듬뿍 들어간 찹쌀떡으로 이 디저트의 메뉴명은 '농호상해俏好上海'였다.

밖으로 나오니 바로 앞 쑤저우허苏州河에 노을빛이 닿아 윤슬이 가득했다. 강에서 루이비통이 선택한 에메랄드 블루가 느껴졌다. 그날의 하늘도 에메랄드 블루였다. 상하이와 참 잘 어울리는 색깔이라고 생각했다. '중국' 하면 보통 붉은색을 떠올리는데, 그 선입견을 왕창 깬 색깔이라 더욱 인상적이었다. 상하이가 중국의 대표적인 이미지와 가장 다른 색깔을 띠는 도시라는 점에서 그 붉음과 가장 반대되는 색깔을 선정한 것일 수도 있겠다는 친구의 이야기가 기억에 참 오래 남았다. 그래, 상하이가 매력적인 건 우리의 편견과 선입견을 깨는 도시이기 때문이지. 선입견과 생각이 깨지고 난 자리에는 새로운 생각이, 깊은 안목이, 또 다른 통찰력이 자라나니까.

Point

#루이비통 전시는 끝났지만, 충분히 아름다운 쑤저우강 변 걷기 코스 추천

❖ 포토그라피스카Fotografiska影像艺术中心 — 光复路127, Guangfu Raod 127(이곳에서부터 와이탄外滩까지 약 2.4km의 산책로가 조성되어 있다.)

루이뷔통 팝업이 열린 포토그라피스카(Fotografiska)
100년 넘게 이 자리에 있었던 건물을 잘 고쳐 멋진 전시장으로 만들었다.

쑤저우허를 따라 걷다 보면
만날 수 있는 상하이 우체국박물관

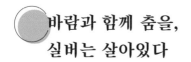

바람과 함께 춤을,
실버는 살아있다

도시 재생 프로젝트가 한창인 상하이에는 옛 건물을 잘 살리고 요즘 콘텐츠를 넣어 재탄생하는 아름다운 공간이 늘어나고 있다. 그렇게 해서 건물에 담긴 역사적 이야기를 보존하면서 사람들의 발길을 이끈다. 그런 방식으로 도시의 이야기가 이어진다. 콜롬비아서클 샹성신수어上生新所, 장웬张园, 판롱티엔디蟠龙天地가 대표적인 예다. 개장 소식에, 한걸음에 달려가면 공간이 주는 감탄사와 영감만큼이나 강렬하게 시선을 사로잡는 것이 있으니 바로 상하이 실버, 어르신들이다.

아름다운 건물을 배경 삼아 상하이 실버들은 남은 날들의 가장 찬란한 한순간을 포착해 내느라 분주하다. 형형색색 고운 옷을 입고 카메라 앞에서 익숙한 듯 다양한 포즈를 선보인다. 다들 왕년에 모델이라도 하셨던 것인지 손끝과 발끝이 예사롭지 않다. 유난스러워 보일 수도 있는 이 모습은 보는 이의 입꼬리까지 쓱 올라가게 만든다. 참 사랑스럽다. 자녀들의 손에 이끌려 오신 분들이 아니다. 스마트폰 사용이 자연스러운 상하이 실버 세대는 갖은 정보를 휴대폰으로 접한다. 그렇게 새로운 공간의 탄생을 접하면 삼삼오오 친구들과 무리를 지어 나들이를 나온다. 장비도 상당하다. 삼각대와 셀카봉은 기본이다. 서로 찍어주고, 함께 찍고, 모니터링도 빠뜨리지 않는다. 사진뿐이랴, 영상도 수준급으로 찍으신다. 이름하여 상하이따마上海大妈다. 상하이 어머님이라 해석하면 될까. 그런데 또 어머님들만 있는 것은 아니다. 비율을 보면 적지만 아버님들도 많으시다. 부부끼리 온 경우 아내의 고운 모습을 담기 위해 노쇠한 무릎을 천천히 구부리는 모습도 허다하다. 아름답다. 새 단장으로 핫플레이스가 된 100년이 넘은 건물과 그곳에서 노년의 일상을 어여삐 가꿔 새로운 날을 즐기고 계신 어르신들의 모습이 참으로 닮았다.

중국 어르신들의 공원 여가 생활은 이미 유명하다. 공원에서 운동하거나, 태극권을 하거나, 물붓으로 서예를 하거나, 광창우广场舞라 불리는 단체 춤을 추거나, 오케스트라를 이뤄 악기 연주를 하거나, 합창하는 등 다양한 취미 활동이 공원에서 펼쳐진다. 햇볕 좋은 날 공원에 가면 처음 보는 악기나 기구를 다루는 분야의 고수를 만날 수 있다. 유쾌하고 즐거운 노후다. 공원에서 열리는 춤의 장르도 굉장히 다양하다. 가볍게는 단체 체조부터, 신장 지역의 전통 댄스, 그리고 우리나라에선 어떤 이유로 음지의 영역이었던 중년 남성의 커플 춤도 중국의 공원에서는 대규모로, 아주 대놓고 펼쳐진다. 음향 장비도 수준급인데 장비를 다루는 수준도 전문가다. 시끄럽게 느껴진 적도 있지만 언제부터인가 참 좋아하는 공원의 모습이 되었다. 오늘은 어떤 팀이 나오셨나 궁금해서 일부러 살펴 보기도 한다. 용기만 있다면 무리에 속해봐도 좋다. 활짝 웃으며 반겨주실 것이다.

어르신들의 주체적인 모습을 보며 미래의 청사진을 그려본다. 우리도 딱 저랬으면 좋겠다. 적극적으로, 바람에 몸을 맡기고 자유롭게, 흘러간 시간을 그리워하기보다 남은 인생의 가장 젊은 날을 즐기면서. 새로운 곳이 생기면 예전 같지 않은 몸이라도 곱게 단장하고 새로운 곳에 가서 새로운 날을 즐기자고. 실버사회가 많은 나라의 화두가 되는 가운데 상하이따마上海大妈가 주는 교훈은 꽤 의미가 있어 보인다.

Point

#상하이 실버의 기운을 느끼기 좋은 공원

❖ 루쉰공원鲁迅公园 ── 四川北路2288, North Sichuan Road 2288

❖ 중산공원中山公园 ── 长宁路780, Changning Road 780

❖ 샹양공원襄阳公园 ── 淮海中路1008, Middle Huaihai Road 1008

❖ 징안공원静安公园 ── 南京西路1649, West Nanjing Road 1649

신장 전통댄스를 추는 어르신들의 무대, 징안공원

오동나무를 따라 시간 여행

　　길은 도시의 상징이자 축소판이다. 어느 나라든 도시든 걸어야 보이는 것들이 있다. 인간에게 가장 적절한 속도야말로 자신의 걸음걸이가 아닐까. 그 편안한 속도에서 오감이 활성화되고 길 위에 펼쳐진 다양한 장면을 온몸으로 담을 수 있다. 그 편안한 유랑에 낭만이 더해지는 곳이 바로 상하이의 가로수길이다. 50년 이상 자리를 지켜온 가로수가 끝없이 펼쳐진다. 때가 되면 잎이 나고, 때가 되면 잎이 지고, 그렇게 앙상한 가지로 몇 개월을 지내다 또 때가 되면 새싹이 돋는 이 가로수 덕분에 상하이의 길은 계절마다 다른 매력을 뽐낸다. 평지와 가로수, 그리고 길을 따라 이어지는 아기자기한 상점들, 거기에 사람들이 더해져 상하이의 크고 작은 길들은 걷고 싶은 길이자 지붕 없는 미술관이 된다.

　　어느 하나도 같은 길이 없다. 멈추지 않고 걷고 싶은 길이 있고, 잠깐 머물고 싶은 길이 있다. 곰곰이 생각하게 하는 길이 있고, 다양한 자극들로 호기심을 일으키는 길이 있다. 그런 갖은 매력을 가진 길이 참 많은데, 고르고 골라 몇 개의 길을 꼽아 본다면 우캉루武康路, 안푸루安福路, 난창루南昌路, 화산루华山路, 위위엔루愚园路를 들겠다. 걷는 것이 다른 곳으로 가기 위한 수단이 아닌, 목적이 되는 곳이다. 동을 단위로 마을을 구분하던 한국에서 살다가, 길 이름으로 도시의 정체성을 쌓아가는 것은 참 새로운 경험이었다. 물론 그것이 내가 살아온 곳의 시스템과 다르기 때문이라는 것을 한참 후에야 깨달았지만. 한국에서도 2011년부터 도로명을 도입하여 쓰고 있지만 행정적인 변화가 삶까지 들어오기란 더 긴 시간이 걸릴 것이다. 게다가 성수동, 망원동, 연남동처럼 '동'으로의 공간 개념이 더 커지고 있지 않은가. 그러나 상하이에는 '동' 개념이 없다. 대신 '루路'가 있고 더 작은 길을 말하는 '지에街'와 더 작은 골목을 말하는 '농弄'이 있다. 이 단어들은 주소를 표기하는 수단 이상으로 길에 담긴 감성과 문화를 전하는 개념으로 쓰이기도 한다. 그렇게 도시의 이야기가 길을 따라 이어져 왔기 때문에 상하이에서 산책은 천천히 걷는 일이라는 사전적 의미를 넘어 길 위에 켜켜이 쌓인 이야기를 듣고, 그 위에 새롭게 자리잡은 요즘의 멋을 느끼고, 내일을 위한 힘을 얻는 일이라는 속뜻을 갖는다.

상하이의 길을 아름답게 하는 것 중 가장 큰 부분은 바로 가로수다. 한여름 찌는 듯한 더위에도 가로수가 만들어 주는 싱그러운 그늘 터널 아래로 들어가면 그렇게나 상쾌할 수가 없다. 무더운 여름에도 산책할 수 있는 이유다. 가로수의 대부분을 차지하는 플라타너스 나무를 현지에서는 우통梧桐이라 부른다. 이 우통의 역사는 프랑스 조계 시절로 거슬러 올라간다. 프랑스인들은 이 새로운 땅을 자신들에게 좋은 동네로 만들고자 노력했는데, 그 시작이 바로 플라타너스를 심는 것이었다. 지금의 신티엔디新天地에서부터 우캉루武康路까지 이어지는 프랑스 옛 조계 구역의 나무 대부분은 19세기 후반인 1870년대에 심어졌는데 상하이 기후 조건에서도 잘 자랄 수 있도록 많은 연구와 노력이 뒤따랐다고 한다. 가로수의 아름다움은 조계가 끝난 뒤에도 이어졌다. 그뿐만 아니라 상하이의 여러 지역에 플라타너스가 심어졌고 지금의 가로수 길이 형성되었다. 사실 이 가로수를 유지하기는 쉬운 일이 아니다. 4월이면 나무들이 쏟아내는 꽃가루는 매일 쓸어도 쌓이고, 11월 말부터 떨어지는 나뭇잎 또한 치우는데 상당한 인력이 필요하다. 나무의 뿌리가 도로나 건물의 기초에 영향을 주기도 하고, 장기적으로는 나무가 너무 커져서 도로나 건물을 가리는 등의 문제가 발생하기도 한다. 그런 문제에 대해서는 각 길을 관리하는 구마다 적절한 대책을 마련하여 플라타너스 길을 보존하고 유지하고 있다. 효율이 아닌 녹지와 아름다움을 선택한 것이다. 그 혜택을 누리는 사람으로서 열렬히 그 노력을 응원하고 지지한다.

무작정 산책하기 좋은 가로수 길 추천

❖ 우캉루武康路, 안푸루安福路, 난창루南昌路, 화산루华山路, 위위엔루愚园路

Point

위위엔루愚园路

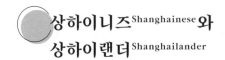

상하이니즈^{Shanghainese} 와 상하이랜더^{Shanghailander}

급속한 도시화와 현대화의 발전 속에서도 과거와 현재, 동서양의 만남 지점으로서의 역사적인 유산을 지닌 상하이는 고유의 것과 새로운 것의 조화가 돋보이는 곳이다. 사람도 그렇다. 오랜 시간 동안 상하이를 터전으로 삼아온 토박이와 타국이든 다른 지역이든 외부에서 온 사람들이 함께 만들어 내는 모습이 도시의 정체성을 만들어 오고 있다. 전자를 상하이니즈^{Shanghainese}라고 부른다면 후자를 상하이랜더^{Shanghailander}라고 부를 수 있다. Chinese, Korean, American, Japanese의 -ese나 -an의 접미사는 성별性別이나 성姓처럼 주어지는 것이지만, Shanghailander의 -lander라는 접미사는 '정착'의 의미가 있어 주체자의 의지가 강하다는 점에서 차이가 있다. 처음부터 상하이니즈였던 사람이 과연 몇이나 될까. 시간이라는 큰 흐름에서 누군가의 아버지와 어머니가 이곳에 와 자리를 잡아 상하이랜더가 되고 그렇게 이곳에서 새로운 생명이 태어나면 그는 상하이니즈가 되니 말이다. 그리고 그가 어느 곳의 랜더가 될지는 그의 몫일 것이다. 토박이와 정착민. 그렇게 상하이에는 상하이 방언을 구사하는 상하이니즈와 그 기간이 얼마가 되었든 국적과 상관 없이 이곳에 정착해서 살고 있는 상하이랜더가 함께 일상을 나누며 살아가고 있다.

이 도시의 정신을 잘 나타내는 문장이 있다. 해납백천海納百川 유용내대有容乃大. 해납백천海納百川은 '바다는 천 개 강을 받아들이듯이 모든 것을 포용하라'는 뜻이며, 유용내대有容乃大는 '포용이 크면 큰 것이 된다'는 뜻을 가지고 있어 포용력이 크면 그만큼 큰일을 이룰 수 있다는 말을 의미한다. 그렇게 상하이는 외부의 것을 받아들여 융합하며 성장해왔다. 한편 같은 중국이지만 지역색이 뚜렷하여 크게는 북방과 남방으로, 작게는 도시로 정체성을 구분하는데 상하이 토박이들은 상하이니즈로서의 정체성이 강하다. 언어 자체가 다르기 때문에 보통화가 아니면 다른 지역 사람들끼리 소통하기가 어려울 정도다. 그래서 상하이 사람들은 다른 지역 사람들과는 보통화로 이야기하고, 상하이 사람들끼리는 상하이어로 이야기를 하는데, 외국인이 짧은 인사말이라도 상하이어로 이야기하면 신기해하고 반가워하기도 한다. 이렇다 보니 상하이니즈는 외부에 대해 열려있지만 동시에 그들끼리만 공유할 수 있는 정서가 있는 것이다.

상하이의 정체성은 다양성과 변화의 힘에서 비롯된다. 이 도시는 오랜 시간 터전을 이루고 살아온 사람들과 오고 가는 사람들의 조화로 성장해 왔으며, 다양한 문화와 가치관이 공존하는 도시로서의 아름다움을 지니고 있다. 도시를 여행하며 세심하게 살펴본다면 상하이니즈와 상하이랜더의 이야기를 마주할 수 있을 것이다.

> **Point**
>
> ❖ 71번 버스를 타면 중국어와 영어 안내 방송 후에 상하이어 안내 방송을 들을 수 있다.
>
> ❖ 상하이어로 만들어진 영화와 드라마 : <아이친성훠爱情生活>, <판화繁华>
>
> ❖ 상하이 방언上海方言 : 안녕 — 농허 侬好 nonghao,
>
>   고맙습니다 — 쟈쟈농 谢谢侬 zhiazhianong

메뉴에는 없는 국수

한국에서 생일에 미역국을 먹는 것처럼, 이곳에서도 생일이면 꼭 챙겨 먹는 것이 있으니 바로 국수다. 장수면长寿面이라 부르는 국수는 이름에 모든 것이 담겨 있다. 기다란 면발처럼 이 세상 소풍을 오래 하길 바라는 마음이 국수에 담겨 있다. 집집마다 미역국 레시피가 다르듯 장수면 만드는 방법 또한 정도가 없다. 익숙한 재료로 고명을 만들고 담백한 육수로 국물을 내면 되는데 보다 예쁘게 만들고 싶거나 생일 메시지를 담고 싶은 경우에는 당근을 얇게 썰어 생일을 축하한다는 한자 '셩르콰일러生日快乐'를 조각해 국수 위에 올리기도 한다. 이 당근 글자를 만드는 방법은 소셜 미디어에서 화제가 되기도 했다.

이탈리안이나 프렌치 식당에서는 생일을 맞은 손님에게 축하의 의미로 디저트를 서비스하듯 중식당에서는 생일을 맞은 손님에게 식사 끝 무렵에 장수면을 선물한다. 정해진 것은 없다. 식당마다 면의 굵기부터 육수의 맛, 그리고 국수의 양까지 다양하다. 작고 예쁜 그릇에 담긴 생일자만을 위한 1인 국수를 선물하는 곳도 있고, 대야만 한 그릇에 듬뿍 국수를 내어 함께한 사람들이 모두 나눠 먹을 수 있는 곳도 있다. 메뉴에는 없지만 축하하는 마음을 담은 국수를 항상 준비하고 있는 마음이 예사롭지 않다.

장수면 한 그릇에는 세상과의 위대한 만남을 축하하고, 앞길을 응원하는 마음이 담겨 있다. 이 작은 음식 한 그릇이 참으로 예쁘게 느껴지는 이유다. 나이가 들수록 생일이 반갑지 않은 분들도 있을 것이다. 그럴수록 생일을 더 챙겨야 한다. 힘들고 어려운 일이 있지만 살아간다는 것 자체가 얼마나 위대하고 놀라운 일인지, 그 큰일을 해내고 있는 자신과 소중한 사람들에게 감사를 표현하기 참 좋은 날이다. 꼭 고급 식당이 아니면 어떤가. 따뜻한 마음을 담은 장수면 한 그릇이면 충분하다. 우리의 삶은 이 작은 음식 하나가 더해진 소중한 순간들이 모여 더 풍요로워지기 때문이다.

생일 축하 글자가 담긴 장수면

# 고가의 멋

　　황푸강을 시작으로 영역이 확대된 상하이의 도심에는 4차선 이상의 넓은 길을 찾아볼 수 없다. 19세기와 20세기에 형성된 길의 폭을 최대한 유지하며 발전해 왔기 때문이다. 2차선 도로가 많고 일방통행인 길도 많아 자동차가 속도를 내며 달리기엔 적합하지 않다. 당연히 교통체증 문제가 발생할 수밖에 없었는데, 이를 해결하려는 방법이 바로 가오지아高架라고 부르는 고가, 간선도로다.

　　지형이 평지인 도시의 절경 중 하나는 일반 도로 위로 불뚝 솟아 있는 고가들이 만드는 선이다. 여러 간선도로의 선이 서로 모이고 흩어지고 위아래로 겹치며 지나가면서 이루어지는 모양들은 기능적인 역할 외에도 미적인 매력이 있어 이동하는 시간 자체 또한 여행의 순간으로 만든다. 고가 옆으로 늘어선 빌딩들이 만드는 풍경 또한 볼 만하다. 날이 맑은 날 고가 위에서의 시야가 꽤 넓어져서 서쪽에서 동쪽으로 이동하면 저 멀리 동방명주와 상하이타워가 가까워지는 재미난 경험을 할 수도 있다. 반대로 해 질 녘에, 동쪽에서 서쪽을 향해 달리면 황홀한 노을이 동행이 되어 주기도 한다. 길을 따라 비치된 꽃들은 계절마다 바뀌어 여행의 아름다움을 더해준다. 꼭 차로 고가 위를 달리지 않아도 이 아름다움을 즐기는 방법이 있다.

　도심을 동에서 서로 관통하는 동맥과도 같은 71번 버스가 다니는 옌안루延安路 부근을 산책하면 여러 개의 육교를 만날 수 있는데, 육교에 올라가면 고가가 바로 머리 위로 지나가 더 가까이에서 이 거대한 인류의 발명을 느낄 수 있다. 담쟁이덩굴이 타고 올라간 고가의 기둥, 밤이면 형형색색의 조명이 켜지는 도로 밑은 이 고가를 더 매력적으로 만든다. 빠른 지하철도 좋지만, 운전을 하거나 택시를 타거나 71번 버스를 타거나 자전거를 타거나 두 발로 걷는 모든 이동 방법이 운치 있는 고가 덕분에 더욱 매력적으로 다가온다.

Point

❖ 동쪽에서 서쪽으로 4km 이상 이동하는 경우에는 택시를 타면 대부분 고가를 이용한다.

❖ 고가 밑으로 달리는 71번 버스는 와이탄, 콜롬비아서클, 징안쓰를 지나며 알리페이의 transport에서 bus를 선택하면 QR코드로 이용이 가능하다.

담쟁이 덩굴이 타고 올라가는 고가

밤이면 형형색색의 조명이 켜지는 도로 밑

공유의 은총 아래 상하이 즐기기

가로수가 울창한 길이 많은 상하이는 '걷기 좋은'walkable 도시임과 동시에 사전거와 전기 오토바이 도로가 잘 되어 있어 '타기 좋은'ridable 도시이기도 하다. 대부분이 평지이고 게다가 공유자전거 시스템도 잘 되어 있어 여행자도 쉽고 편리하게 바람에 실려 오는 자유와 행복을 느낄 수 있다. 거기에 어플리케이션 메이투안美团이나 알리페이支付宝가 있으면 언제 어디서나 노란 자전거, 파란 자전거를 이용할 수 있다. 상태가 가장 좋아 보이는 자전거를 골라 목적지까지, 길이 이어지는 곳까지, 가로수가 만든 그늘이 끝나는 곳까지 달리면 상하이 구석구석 다채로운 모습을 나만의 속도로 만날 수 있다.

알리페이에서 운영하는 Hello Bike는 별도의 인증 없이 카드를 등록하면 여행객도 이용할 수 있다. 노란색 메이투안의 경우 알리페이로도 스캔할 수 있으나 별도의 인증이 필요할 수 있다. 인증이 된 상태라면 메이투안이나 위챗으로도 이용할 수 있다. 잠금장치가 있는 1세대와 별도의 잠금장치 없이 앱에서 还车를 눌러 반납하는 2세대 방식의 두 가지가 있으며 2세대 자전거가 상태 좋은 편이다.

#공유 자전거 이용 방법

❖ 준비물 : 알리페이 앱(한국 신용카드 등록 필수)

❖ 파란색 ― Hello Bike   ❖ 노란색 ― 美团

❖ 대부분 구역에 정차 공간이 많은 편이나 정차 금지 구역이 있고 앱에 표시되니 지도에 붉게 뜨는 곳에는 정차하지 않도록 주의한다. (정차 시 3~5원 벌금 부과)

❖ 이용 요금 15분당 1.5원
이후 15분당 1원씩 추가 30분의 경우 2.5원 = 480원

❖ 정액권 7일, 30일 권이 있는데 상황에 맞게 구매하면 더 저렴하게 이용할 수 있다. 대여 시 정액권 선택 버튼도 함께 뜨니 잘 보고 1회 이용 시 맨 아래 노란색/파란색 가장 큰 버튼(继续开锁)을 누른다.

❖ 안장 조정이 가능하다.

❖ 시내의 큰길(淮海路, 南京西路 등)의 경우 자전거 진입이 안 되는 도로도 있으니 모르는 길을 갈 때는 바이두 지도나 고덕 지도에서 자전거 안내 길찾기를 이용하는 것을 추천한다.

❖ 3월부터 12월이 자전거 타기 참 좋은 계절인데 뜨거운 여름도 가로수 길 아래라면 시원하게 라이딩을 즐길 수 있어 추천한다.

❖ 서울 따릉이보다 가벼워 작동이 쉬운 편이나 빠른 속도를 즐기거나 좋은 승차감은 기대하지 않는 것이 좋다.

❖ 자전거 타기 좋은 길 : 우캉루武康路, 푸싱종루复兴中路, 용자루永嘉路,
위위엔루愚园路, 창르어루长乐路, 난창루南昌路 외

그 외 상하이 추천 교통수단

시티투어 버스 都市观光

위챗 미니 프로그램에서 두슬관광都市观光을 검색하여 노선을 확인할 수 있다. 인민광장역人民广场 7번 출구에서 표 구매 후 탑승하며 24시간과 72시간 두 가지 중 선택이 가능하다. 현장 구매는 성인 100~200위안, 어린이 50~100원이며, 사전 바우처 구매는 인터넷에서 가능하다.

황푸강 대중교통용 페리 上海轮渡

일반적으로는 지하철 2호선을 타고 건너가는 것이 일반적이지만, 자전거나 전기 오토바이로 강을 건너야 할 때는 페리를 이용할 수 있다. 강을 따라 관광하는 유람선과 달리 강을 건너는 교통수단이며 짧은 시간 동안 쾌적하지는 않지만, 창문으로 들어오는 강바람을 맞으며 상하이타워와 주변 건물들의 멋진 경치를 즐길 수 있다. 공유자전거도 탑승할 수 있다. 알리페이支付宝의 transport 기능을 이용하거나 지하철 카드로도 이용할 수 있다.

주요 탑승지역은 상하이룬투上海轮渡에서 푸시(와이탄 & 베이와이탄 쪽)과 푸동(동방명주 쪽)으로 갈 수 있는 지역으로 나뉘며, 목적지에 따라 탑승 지점을 선택하여 이용할 수 있다.

❖ 푸시(와이탄 & 베이와이탄 쪽) 3곳
1. 上海轮渡(金陵东路站) BFC 근처
2. 上海轮渡复兴东路渡口 老码头 근처
3. 公平路渡口

❖ 베이와이탄 근처 푸동(동방명주 쪽) 3곳
1. 杨家渡渡口(公交站)
2. 东昌路渡口
3. 泰东路渡口

황푸강 관광 유람선 黄浦江游轮船

상하이의 아이콘인 황푸강을 따라 돌며 도심의 아름다운 풍경을 감상할 수 있다. 유람선의 종류가 다양하며 대표적인 황푸강 유람선黄浦江游轮船의 경우 낮에는 120위안, 밤에는 150위안으로 이용이 가능하다.

2

상하이의 명소
천 년의 시간 위를 걷다

올드 상하이^{Old Shanghai}의 시작 : 난징동루^{南京東路}와 와이탄^{外滩}

상하이의 전성기는 아편전쟁부터 중화인민공화국 설립 전까지를 일컫는 올드 상하이^{Old Shanghai}로 이야기된다. 당시 동양의 파리라 불리며 감히 파리에 맞설 만큼 현대적인 도시였던 상하이의 올드 상하이 정체성은 정치적인 이유로 겪은 숱한 변화에서도 그 기저에 남아 지금의 모습을 빚어냈다. 상하이의 별명에서도 현대성을 의미하는 모더니티^{modernity}를 발견할 수 있다. 바로 '모두^{魔都}'다. 이는 1920년대 상하이를 여행한 일본 작가 무라마츠 쇼후^{村松梢风}가 1924년 출간한 책 이름으로 세련되고 화려한 상하이를 여행하며 느낀 점을 엮은 책이다. 여기서 모두^{魔都}의 '모^魔'가 마성의 매력을 가진 도시라는 해석과 모던^{魔登}을 의미한다는 해석이 있는데 두 해석 모두 상하이의 매력을 잘 담고 있다.

19세기 후반부터 20세기 초반까지 상하이는 서구 국가들과의 교역으로 번창하였고, 건축 양식과 문화적 요소가 혼합되어 고유한 상하이 스타일이 형성되었다. 외국인 거주지와 상업 건물이 들어섰고, 그 안에서는 다양한 문화가 교류되며 문화 부흥기를 맞았다. 또한 중국 현대문학의 탄생과 발전, 중국 현대 사회의 형성에 큰 영향을 미치기도 했다. 이 시기에 형성된 상하이의 독특한 문화와 역사는 오늘날까지도 상하이의 정체성을 형성하는 중요한 요소로 남아있으며 그 올드 상하이를 가장 잘 느낄 수 있는 곳이 바로 난징동루와 와이탄이다.

난징동루

현대적인 요소가 가미되긴 했지만 주를 이루는 100년이 넘은 건물들의 위엄과 웅장함이 압도적인 거리 난징동루에는 매일 관광객으로 북적인다. 현지인은 잘 가지 않는 관광지라 가끔씩 난징동루에 가면 다시 여행객이 된 기분이 들기도 한다. 인민광장에서 시작해 와이탄으로 이어지는 보행가는 1km가 넘는 긴 거리지만 구경하는 재미가 쏠쏠해 언제 이렇게 걸었는지 느끼지 못한 채로 와이탄에 도착하게 할 만큼 매력적인 길이다. 레고 스토어, 나이키 플래그십 스토어, 엠엔엠즈 초콜릿 숍, 팝마트, 애플 스토어, 삼성 갤럭시 매장 등 다양한 요즘 잘 나가는 브랜드와 함께 100년이 넘은 가위 가게, 대한민국임시정부 요원들의 신년회 후 기념사진을 찍은 영안 백화점 옥상, 찰리 채플린이 머물고 간 화평 반점 등 난징동루의 역사를 함께한 건물이 혼재하며 난징동루만의 특별한 분위기를 자아낸다. 백 년이 한 거리에 모여있다.

와이탄

"베이징이면 당신만 가고, 상하이면 같이 갈게!"

확인되지 않은, 확인할 수 없는 우스갯소리다. 남편이 해외 파견을 받으면 아내가 한다는 말이라고 회자되던 소리다. 개인차야 물론 있겠지만 특히 여성들에게 상하이라는 도시가 주는 매력을 극대화한 이야기가 아닐지 싶다. 그리고 그 인상에 큰 역할을 하는 하나가 바로 번드The Bund라고 불리는 와이탄外滩 일 것이다.

인민광장에서 시작해 난징동루를 따라 걸어오는 관광 코스의 화룡점정은 황푸강을 따라 펼쳐지는 와이탄外滩과 루자쭈이陆家嘴의 모습을 만끽하는 것이다. 황푸강 건너로 보이는 미래 도시와도 같은 모습에 압도되고, 뒤를 돌면 갑자기 시간 여행이라도 한 듯 19세기 유럽의 어느 곳에 있는 것 같게 만든다. 비록 와이탄의 시작이 서양 열강의 외국인 거주지였기 때문에 상하이로선 다소 속상한 일이었지만 현재는 상하이만의 상징물로 상하이런上海人에게는 자부심을, 여행객에게는 상하이 로맨스를 선사하는 하나의 브랜드가 되었다. 중국에서 가장 화려한 밤을 자랑하는 도시라는 뜻에서 지어진 별명, 예상하이(夜上海, 상하이의 밤)에 대한 와이탄의 지분도 상당하다. 낮에는 낮대로, 밤에는 밤대로 아름다운 와이탄은 몇 년을 꾸준히 봐왔지만 아직도 질리지 않는다.

뉴욕, 홍콩, 도쿄 등 야경이 아름다운 도시는 많지만, 그중에서도 단연 상하이 와이탄의 야경이 가히 독보적이라 생각하는 이유는 '과거와 미래의 공존'이 그대로 나타나기 때문이다. 19세기, 20세기 초에 지어진 유럽의 다양한 건축 스타일의 장엄한 건축물들이 만들어 내는 1.5km 길에는 세계의 근대사가 고스란히 녹아 있어 단지 건축물의 외형 감상에 그치는 것이 아니라, 곳곳에 담긴 이야기들을 찾아내는 재미가 쏠쏠하다.

　오랜 시간 동안 송장松江을 중심으로 사람들의 삶의 터전으로서 펼쳐지던 상하이의 이야기는 청나라 말기 서양 제국주의가 배를 타고 황푸강을 따라 상하이에 입성하면서 그 무대가 황푸강, 그중에서도 와이탄이라 불리는 구역으로 바뀌게 된다. 사실 고대 중국 역사에서는 상하이 지역은 지리적 이점이 없어 존재감 역시 없던 곳이었다. 강남지방의 문화는 쑤저우苏州와 항저우杭州를 중심으로 발전했고 바다와 가깝다는 것이 주는 매력은 닝보宁波에 밀려 별 볼 것 없는 어촌마을이었다. 그랬던 상하이가 유럽의 제국주의로 인해 가치를 인정받게 되었는데 바다와 가깝고 내륙과 강으로 연결되어 있어 무역 거점으로서 가능성이 대두된 것이다. 1840년대 중반 영국이 청나라 사람들에게 아편을 팔았고 이를 단속하는 청나라 정부에 대해 아편전쟁을 일으켜 승리하면서 난징 조약(1842년)을 맺고 강제로 대륙의 대표적인 항구인 홍콩섬, 상하이, 광저우, 푸저우 등에 대한 소유권을 갖게 되는데 이것이 와이탄 역사의 시작이다. 바깥쪽外 강변滩이라는 의미에서 불리기 시작한 와이탄外滩은 막강한 제국주의의 자본을 바탕으로 자본이 오는 곳의 양식을 가득 담은 건축물과 구조물로 새로운 모습을 갖게 되었다. 새로운 시장을 찾아, 새로운 정복지를 찾아 동으로 향하던 당시 제국주의 배들은 오랜 항해 끝에 황푸강을 따라 신비와 미지의 땅을 만나게 되는데, 멀리 보이는 그들에게 친숙한 양식의 웅장한 건물을 보며 육지를 만났다는 안도감에 더해 반가움과 뿌듯함을 느끼며 자신감은 배가 되어 도착했겠다고 짐

작해 본다. 영국의 지배를 받으며 무역항으로서 호황을 누리던 와이탄에는 영국뿐만 아니라 프랑스, 네덜란드 등의 당시 서양 열강들이 경쟁하듯 각자 고유의 양식에 따라 건물을 쌓아 올렸고 이로 인해 약 1km에 달하는 거리에 아시아인지 유럽인지 착각하게 만드는 다양한 양식의 건물들이 생겨 마치 유럽 건축양식 전람회를 보는 듯한 모습을 이루었다. 조계는 끝났지만 건물은 남았다. 엄청난 자본과 물자들이 오가며 새로운 근현대사의 배경이 된 이 황푸강과 와이탄이 이제는 새로운 전성기를 향해 달려 나가고 있다. 다양한 기회로 전 세계 젊은이들이 모이는 국제도시로서의 새로운 역사를 써 내려가고 있다.

상하이는 아픈 역사가 담긴 와이탄을 부수지 않았다. 기존의 하드웨어를 다듬고 다듬어 도시의 핵심으로 만들었다. 대신 콘텐츠를 바꿨고 자본이 모일 수 있는 콘텐츠로 내용을 채워 많은 사람을 끌어들이고 있다. 와이탄을 따라 걷다 보면 건축물의 웅장함에, 아름다움에, 이야기에 압도되어 도시에 대한 호기심이 생긴다. 조명에 의해 존재가 도드라지는 밤에는 그 모습이 황홀하기까지 하다. 그렇게 걷다 강 건너를 바라보면 순간이동을 한 듯 미래도시의 마천루가 시선을 사로잡아 묘한 감정을 느낀다. 황푸강을 사이에 두고 상하이의 과거와 미래가 있다. 유라시아와 세계에 영향력을 미치는 국제도시의 역할을 하며 또 한 번의 전성기를 꿈꾸는 듯하다. 오늘도 여러 대의 유람선과 바지선은 황푸강을 따라 바삐 움직이고 있다.

829 상하이 쓰마오광창 上海世茂广场

멀리서 보면 높은 빌딩에 마치 두 개의 뿔을 가지고 있는 듯한 이곳은 지상 60층, 지하 3층, 높이는 333m로 1~6층은 백화점으로, 7- 60층은 호텔이다. 비율을 맞춘 삼각형 형태의 건축물은 2004년 상하이시 실내장식 업계 3등, 2008년 제5회 중국 건축학회 우수건축구조 설계 1등 상을 받았다. 2017년에는 대대적인 리모델링을 거쳐 현재 소비자 추세를 고려한 구조와 콘텐츠로 중국 최고의 엔엔즈 체험매장, 레고랜드, 나이키 플래그십 스토어 체험 판매장, 키티 랜드 등이 입점하여 현재 젊은 소비자층의 사랑을 받는 곳이다. 호텔도 수준 높은 서비스와 편안한 룸으로 유명한데 특히 65층 후바沪吧에서 야경을 보면 난징동루와 와이탄, 루자쭈이 야경까지 한눈에 볼 수 있어 이색적인 경험을 맛볼 수 있다. 쓰마오 쇼핑몰 6층에는 상하이 음식, 쓰촨 음식, 장수 음식 등 다양한 식당이 자리 잡고 있어 여행 중 허기를 달래고 중국 다양한 도시의 맛을 체험하기에 적합하다. *추천 식당 : 강남 음식점 꾸이만롱桂满陇

635 영안바이훠 永安百货 영안 백화점

난징동루에서 가장 오래된 건물 중 하나인 영안 백화점은 건물의 웅장함과 1세기가 넘는 시간의 상하이런들의 이야기가 가득한 곳이다. 1918년에 개장한 이 백화점은 당시 홍콩의 유명한 영안 공사가 소유한 체인 백화점으로 난징동루의 전성기에 큰 역할을 했으며 지금까지도 내부의 고전양식을 유지하고 백화점의 기능을 다하고 있다. 한국인에게도 의미 있는 장소이기도 한데 대한민국 임시정부를 상해에 수립하고 독립을 위해 활동하던 시절 임시정부 요인들의 두 번째 신년 축하회(1921. 01. 01)가 열린 곳이기 때문이다. 당시 농림 장관이었던 안창호 선생의 주도로 이루어진 회동은 안창호 선생이 상하이에 오면 애용하던 호텔인 이곳에서 이루어졌다. 어려운 살림에서도 신년회를 열어 활동 계획을 나누던 당시 대한민국 임시정부 요인들은 이곳의 '기운각(綺雲閣, 비단 구름의 누각)'이라 불리던 3층짜리 누각 앞에서 단체 사진을 찍었다. 당시 놀이공원과 찻집으로 운영되던 옥상이었으나 찻집이 문을 닫고 옥상 출입이 금지되면서 사람들의 발길이 닿지 않았고 사진에서도 누각 전체가 나오지 않고 계단 일부만 나와 정확한 위치를 알 수 없었는데, 2019년 영안 백화점의 옥상인 것이 확인되어 대한민국 임시정부 역사 연구가들에게 새로운 자료가 되었고 한국인에게는 역사 유적지로서 의미 있는 장소가 되었다. 옥상이 폐쇄되어 있으므로 공식적인 출입은 불가하다.

720 상하이 제1 식품 상점 上海市 第一 食品 商店(南东店)

상하이 시내 곳곳에 상하이 특산품과 전통 과자를 파는 많은 지점이 있지만 난징동루 제1 식품점은 상징적인 존재로 역할을 톡톡히 하고 있어 난징동루를 관광하고 기념품이나 선물을 사 가려는 관광객들의 발걸음이 끊이지 않는다. 상하이를 대표하는 특산품으로는 나비 쿠키 후디에수蝴蝶酥, 전통을 자랑하는 유과 사탕 브랜드 따바이투大白兔 등이 있다.

490 장샤오췐지엔다오 张小泉剪刀南京东路店
백 년을 이은 가위 명장의 집

주의를 기울이지 않으면 난징동루의 화려한 상점들에 묻혀 그냥 지나칠지도 모르는 이 작은 상점은 독특한 간판 하나 없어도 역사만큼은 이 길의 어느 상점보다 화려하다. 300년 이상의 역사를 자랑하는 고급 가위 전문 브랜드로 가위 외에도 장인의 손을 거친 수공예품을 판매하는데 바이두 백과사전에 기재되어 있을 만큼 중국 수공예 산업에 의미하는 바가 크다. 브랜드의 역사는 명나라 말기까지 거슬러 올라간다. 창립자는 장시자Zhang Sijia로 그의 집안은 수 세대 동안 가위를 만들어 판매하는 것에 종사했다. 장시자는 항저우에서 시작하여 당시 선진 기술로 가위를 만들었으며 그 유명세가 다른 도시까지 번졌고, 그 후 아들 장샤오첸Zhang Xiaoquan은 가위의 날 기술을 향상해 사업을 확장했고 오늘날의 브랜드로 정착시켰다. 일반 가위에 비해 비싼 편이지만 품질이 좋아 가성비 면에서는 그만한 가치가 있다는 고객들의 평이 이어지며 가위는 물론 젓가락 등 다양한 주방용품으로 품목을 확장하여 지금도 요즘 마케팅 하나 없이 콘텐츠 하나로 난징동루에서 존재감을 나타내고 있다. 상하이 기념품이나 지인을 위한 선물로도 최고의 선택이 될 수 있다.

20 허핑호텔 和平酒店 Fairmont peace hotel

상하이에서 가장 유명하고 역사적인 호텔 중 하나로 1929년에 시작하여 오랜 세월 동안 세계적인 인물들과 문화인들을 맞이해 왔다. 허핑호텔은 중국과 서구의 전통을 혼합한 아름다운 건물과 인테리어로 유명하며, 특히 호텔의 역사와 함께 한 재즈 공연이 유명한데 멋진 백발을 가진 연주자들의 재즈 공연을 볼 수 있다.

\# 와이탄 건물 간략히 살펴보기

와이탄을 따라 늘어선 웅장한 건물은 신고전주의, 아르데코, 고딕 등 서양 각국의 다양한 건축 양식을 띄고 있어 '와이탄 건축군外滩建筑群', 또는 '만국건축박람회万国建筑博览会'라고 불린다. 은행, 레스토랑, 미술관 등 현재 상업 공간으로 사용되고 있으면서 초기 건축 양식을 잘 보존하고 있어 과거와 현재의 쓰임이 공존한다. 건물마다 세월만큼의 사연을 가지고 있어 그 내용만으로도 책 한 권이 나올 수 있을 것이다. 과도한 정보는 여행자의 마음을 피로하게 만들 수 있으니, 간단하게 몇 곳만 살펴보자.

❖ **기상신호탑气象信号塔** : 정확한 기상 예보를 위해 1884년에 세워진 기상 신호탑으로 현재는 상징적인 의미로 자리를 지키고 있다.

❖ **와이탄 1호** : 아시아따루亚细亚大楼라는 이름으로 중국태평양보험공사가 사용하고 있으며 크리스티 경매장과 와이탄지우슬예술관上海久事国际艺术中心이 있다.

❖ **와이탄 2호** : 상하이 클럽이라는 이름으로 사교계의 대표적인 장소였던 이곳은 현재 월도프 아스토리아 상하이 온 더 번드 호텔华尔道夫酒店에서 사용하고 있다. 1989년 대륙의 첫 번째 KFC가 입점한 곳이기도 하다.

❖ **와이탄 3호** : 와이탄 첫 번째 철근 콘크리트 건물로 현재 장조지Jean Georges, 메르카토Mercato 등 고급 레스토랑이 있다.

❖ **와이탄 12호** : 동그란 돔이 매력적인 이곳은 현재 푸동발전은행浦发银行으로 사용되고 있다.

❖ **와이탄 18호** : 르네상스 양식으로 하카산Hakkasan, 미스터 앤 미세시 번드 Mr&Mrs Bund, 긴자 오노데라Ginza Onodera 등 고급 레스토랑과 갤러리가 있다.

❖ **와이탄 20호** : 허핑반점和平酒店 또는 페어몬트 피스 호텔Fairmont peace hotel로 불리는 이곳은 1929년 시작된 와이탄 대표 호텔로 루쉰부터 찰리 채플린 등 국내외 유명인이 머문 곳이자 상하이 근현대사가 담긴 곳이다. 호텔의 역사가 오랜만큼 이곳의 재즈바는 백발의 연주자들의 올드 재즈로 유명하다.

❖ **와이탄 23호** : 와이탄에서 유일하게 순수 중국 자본으로 지은 건물로 처마끝에서 중국 전통 장식을 찾아볼 수 있다.

이렇게 와이탄을 따라 걷다 쑤저우허에 이르게 되는데 오른쪽으로는 인민 영웅탑을 정면으로는 중국 최초의 강철로 제작된 트러스트교 와이바이두차오外白渡桥를, 왼쪽으로는 영국 대사관이었던 건물을 볼 수 있다. 이곳에서부터 와이탄웬外滩源Rockbund 구역이 시작된다.

빈장다다오濱江大道에서 보는 와이탄 12호와 13호

와이탄 1호

리모델링을 위해 간판을 떼어내니 보이는 첫 번째 간판의 흔적

난징동루 보행가 거리의 시작점

두 개의 뿔을 단 쓰먀오광창

난징동루의 신세계 백화점

밤이 되면 더 아름다운 와이탄

튤립이 가득한 봄의 와이탄

중국공상은행이 있는 와이탄 24호

에메랄드 지붕이 매력적인 허핑호텔和平酒店

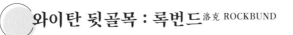

와이탄 뒷골목 : 록번드洛克ROCKBUND

분명 위엔밍위엔루圓明园路, 베이징동루北京东路라는 멋진 이름이 있지만 와이탄 뒷골목이라고 부르는 게 뭔가 더 와닿는 이 거리들은 와이탄만큼이나 멋진 곳을 가득 담은 보물 같은 거리다. 붉은 벽돌로 높게 올라간 건물 앞 신호등에 서서 황푸강 쪽을 바라보면 저 멀리 빼꼼 보이는 동방명주는 또 이렇게 귀여울 수 있을까, 어쩌면 이 콩깍지는 불치병인지도 모르겠다.

올드 상하이 시절 황푸강과 쑤저우가 만나는 가장 좋은 자리에 당시의 대장 국가 영국이 대사관을 지었다. 그리고 주변으로 극장, 레스토랑, 회사 등 다양한 공간이 조성되며 하나의 번화가를 이루었다. 영원할 것 같던 조계는 시대의 흐름에 따라 끝이 났지만, 공간은 반세기 후 새로운 정체성을 갖게 되었다. 5년간의 도시 재생 프로젝트를 통해 다시 태어난 것이다. 록번드洛克ROCKBUND라는 이름으로 말이다. '공공장소를 위대한 장소로Turning Public Spaces into Great Place'라는 슬로건 아래 수년간의 리모델링을 통해 문화예술공간이 된 록번드는 2023년 9월 건축박람회 RAM Assmebles를 시작으로 대중을 만났다. 록번드예술관Rockbund Art Museum의 약자인 RAM에 주변 건물들이 한데 모여 조화를 이룬다는 의미로 Assembles가 더해져 RAMA라 불렸다. 상하이 통지따쉐同济大学와 런던 임페리얼 컬리지^{Imperial College London}가 함께 한 이 프로젝트는 기존의 역사적인 건축물이 기념비로만 존재하는 것이 아니라, 지금 세대를 위한 공공의 것이 되게 하는 철학에서 시작했다고 한다. 또한 건축의 범위를 건축물 자체에 제한하지 않고 건축물과 건축물 사이의 외부 공간, 그리고 하늘까지 확장하여 건축의 개념에 새로운 접근을 보였다.

이곳에는 백 년이 넘은 건물과 건물들의 관계가 만들어 내는 장마당과 하늘, 그리고 시시각각 빛이 만들어 내는 다양한 모습이 있다. 옛것과 지금의 것이 만들어 낸 조화로움이 공간을 방문하는 이들의 마음도 조화롭게 한다. 건물과 건물 사이에 난 길 이름은 모두 옛날 문서에 기록된 내용을 따랐다. 샹강루香港路, 보우웬광창博物院广场이 그렇다.

한편 록번드라는 이름으로 즐길 거리, 볼거리가 많아져 반가운 마음도 있지만 재개발^{Renovation}이라는 이름 아래 날 것의 것들은 점점 사라지고 번지르르한 공간에 값비싼 브랜드가 들어서는 모습에 생각이 많아진다. 그렇다고 이 금싸라기 땅을 그냥 둘 순 없을 터, 이마저도 또 다른 '상하이다움'을 찾아가는 과정일까, 하는 생각과 함께 오랜 것을 잘 보존하고, 지금의 사람들도 찾아올 수 있게 만드는 것 자체가 충분히 성공적인 프로젝트라는 생각이 들었다.

위엔밍위엔루의 안페이양항 安培洋行

Point

❖ 위챗 미니 프로그램에서 ROCKBUND를 검색하면 각 건축물의 이야기를
확인할 수 있다.

록번드의 카페와 상점

❖ 슬로우 라이프 철학을 기반으로 차茶와 차기茶具를 판매하는 BASAO

❖ 일본 교토에서 온 커피 전문점 Arabica 咖啡

❖ 맛있는 젤라또와 페스츄리를 선보이는 프랑스 블랑제리 Luneurs

❖ 영국에서 온 접이식 자전거 bromptonQ

❖ 베이징에서 온 감도 높은 서점이자 카페 Naive理想国

❖ 호주에서 온 자연주의 스킨케어 Aesop

❖ 새로운 라이프 스타일을 선보이는 옷과 소품샵 Element

와이탄 뒷골목의 겨울

2023년 9월에 열린 록번드 건축 박람회

대륙의 쇼핑몰에서 산 노을 : 쑤저우허 완샹티엔디

코로나 방역의 마지막 해, 한 치 앞을 모르는 방역 상황으로 힘든 시기를 달래주던 것은 청명한 하늘과 빛의 조화에 계화 향이 버무려져 완성되는 상하이의 삼합이었다. 그 아름다운 계절에 참 아름다운 공간이 문을 열었으니 바로 상하이 수허완 완샹티엔디上海苏河湾万象天地였다. 완샹청万象城은 쇼핑몰 브랜드로 쉽게 비유하자면 한국 스타필드나 더현대와 같은 기업인데 온라인 쇼핑이 활성화 되면서 판도가 바뀐 쇼핑의 프레임을 빠르게 적용하여 새로운 쇼핑몰을 만들어 가고 있다.

완샹티엔디는 상하이의 '어머니 강'이라 불리는 쑤저우허에 있으며 주변에 역사적 명소와 이웃해 있다는 지리적 장점과 건물 자체의 예술성, 계절마다 펼쳐지는 체험 행사로 방문할 이유가 충분한 곳이다. 건물의 주요 부분을 지하로 만든 덕에 바깥에서는 쇼핑몰 건물은 보이지 않고 구름다리와 재미난 조형물만 보인다. 내부와 외부의 공간의 경계를 모호하게 만들어 지하에서도 고개를 들면 하늘을 볼 수 있고, 건물의 동과 동이 이어지는 지하 터널에는 미디어 아트를 활용했다. 에스컬레이터를 따라 뱅글뱅글 돌다 구름다리를 만나 건다 보면, 주변을 보다 넓게 조망할 수 있는데 개와 늑대의 시간에 닿으면 지는 태양의 뒷모습 뒤로 지평선에 퍼진 파랗고도 붉은 하늘을 잠시나마 내 것으로 만들 수 있다.

사진이나 영상으로 간접 경험이 어느 때보다 쉬운 요즘이지만, 직접 가봐야 얻을 수 있는 현장감과 직접 가봐야만 들을 수 있는 공간의 이야기는 어떤 미디어로도 대체할 수 없다. 도시를 개발할 때 옛 건물을 부수고 높은 빌딩을 짓는 것이 필수적이지만, 상하이에선 이야기가 다르다. 상하이에서는 옛 건물의 특징을 더욱 살려 아름답게 만들고 좋은 식당이나 브랜드를 안으로 들이는 것이 흔하다. 사실 시작부터 환호받던 방법은 아니었다고 한다. 그 방법을 시작한 신티엔디Xintiandi가 기획되던 때에는 마치 노른자 땅을 버리는 어리석은 계획이라는 비난을 받기도 했다고 한다. 우려와 달리 성공적인 도시 공간의 새로운 상징이 된 신티엔디는 이제는 하나의 개발 트렌드가 되었다. 그렇게 선위리慎余里도 완샹티엔디라는 구역에서 그 대열에 합류했다.

몇 년 전만 해도 이곳은 사람들이 살고 있는 동네, 샤오취小区였다. 얼마의 시간이 지나갔는지 가늠할 수 없을 만큼 오래된 가옥 안으로 평범한 하루를 이어가는 사람들의 일상이 있었다. 골목 사이로 디엔동(电动, 전기 오토바이)과 자전거를 탄 사람들이 지나갔다. 의자에 앉아 지나가는 사람들을 구경하며 부채질하는 할머니가 있었다. 채소 사장님, 생선 사장님이 저마다의 사업 수완으로 물건을 팔고 있었다. 아이들이 지나다녔다. 그러나 이미 빈 집도 많았다. 마을에는 이미 도시 계획이 발표되어 주민들은 이주해야 하는 상황이었다. 이사하는 날짜에 따라 지급되는 보상금이 적혀 있는 안내문도 크게 있었다. 세 들어 살던 사람들에게는 비극이었다. 자기 집에 살고 있던 사람들에게는 보상금과 인근 새 아파트 분양권이 주어졌다. 보통 부모 세대부터 살아온 집주인들이 대부분이라 세입자들의 슬픈 이야기는 상대적으로 적었고, 외지에서 와서 세 들어 살고 있는 경우에도 고향에 보통 집 한 채씩은 있다고 하는데 그렇다고 해도 살아온 곳에서 떠나야 하는 상황이었다. 누군가에겐 기회로 누군가에겐 쓴맛이었을 개발이 이루어졌다.

도시의 한 공간이 새로운 국면을 맞이하는 과정을 보며 그렇게 우리의 삶이 시나브로 변하고 이어지는 것을 받아들였다. 다행히도 사람들이 떠난 자리에 무색무취의 빌딩이 들어선 것이 아니라, 옛 가옥의 형태를 잘 보존한 공간이 만들어져 션위리慎余里라는 이름을 이어갔다. 어쩌면 이것이 이 마을이자 동네가 더 오래 사람들과 함께하는 방법이겠다는 생각도 들었다. 영원한 것은 없다. 시간이 흐르면서 변하지 않는 것은 없다.

이방인임과 동시에 도시의 새로운 일원으로서 도시의 변화를 목격하며 내 삶의 변화에 대해서도 생각해 본다. 혁신이나 쇄신이라는 거창한 단어를 쓰지 않아도 변화에 유연하게 대처할 수 있는 명랑한 태도와 순발력을 갖고 싶다. 그러려면 다른 이의 생각이 담긴 공간에 와서 배우고, 다른 이의 생각이 담긴 책을 읽으며 새로운 자극을 만나야 한다. 그리고 생각하고 정리하고 공유하면서 나에 대한 변화도 이어가야 한다. 그러면 적어도 성장이라는 단어는 계속 나의 하루에 등장할 수 있지 않을까. 시간을 들여 방문한 새로운 쇼핑몰에서 노을을 사고, 삶에 대한 공부의 시간을 샀다.

Point

❖ 쑤저우허苏州河 완샹티엔디万象天地 —— 福建北路100, North Fujian Road 100

상하이 수허완 완샹티엔디 上海苏河湾万象天地

상하이수허완완샹티엔디上海苏河湾万象天地　　선위리慎余里

옛 선위리慎余里　　선위리慎余里

촌스러움이 만드는 미래도시 :
동방명주东方明珠와 루자쭈이陆家嘴

"촌스럽다."

한국에 있을 때 어떤 책에서 동방명주 사진을 보고 내가 뱉은 첫 마디는 바로 '촌스럽다'였다. 당시 내 머릿속에는 한국 미디어에 근거한 중국에 대한 오만 가지 무섭고 낙후한 이미지가 점철되어 있었기 때문인지 몰라도 중국 경제도시 상하이의 랜드마크라는 동방명주를 사진으로 보며, '동방'이라는 이름부터 동글동글한 옥구슬이 달린 외계인 안테나 같은 모습까지, 송신탑이 참으로 '중국스럽게' '촌스럽다'라고 생각했고 그다지 구미가 당기지 않았다.

"오묘한 게 매력적이다."

상하이에 처음 놀러 와 동방명주와 미래도시를 연상케 하는 다양한 건물들이 모인 루자쭈이를 보며 뱉은 첫마디는 "오묘한 게 매력적이다"였다. 감탄과 함께. 야경은 정말 입을 다물지 못할 장관이었다. 동방명주가 내뿜는 잔잔하면서도 화려한 조명과 상하이타워, 진마오타워 등 주변 건물들의 조명들의 조화에 더해 황푸강을 유유히 지나가는 크고 작은 유람선의 모습이 신비하고 아름답다가 황홀하기까지 했다. 불어오는 강바람이 얼굴에 닿으면 자유로움마저 느껴졌다. '야경'하면 손꼽히는 홍콩도 상하이에 비할 바가 아니었다. 이런 상하이의 야경에는 동방명주의 몫이 크다고 생각한다. 빌딩이 각각 개성이 있긴 하지만, 네모네모한 빌딩들 사이에서 동글동글한 동방명주가 있었기에 한 프레임 안에 들어오는 장면이 이렇게 장관일 수 있다 싶으니 촌스럽다고 말했던 지난날의 발언을 반성하며 번복했다. 동방명주 덕분에 루자쭈이 풍경이 더욱 아름다울 수 있었다.

동방명주가 변한 건 아니었다. 그녀는 계속 한 자리에서 묵묵히 본인의 역할을 다하며 그대로 있었다. 사진이나, 현장에서 직접 봤느냐의 큰 조건의 변화는 있었지만, 아무튼 변한 건 그녀를 대하는 내 마음이었고 내 시선이었다. 동방명주라는 객관적인 장소에 여러 의미가 더해지는 순간, 그녀는 더 이상 그저 객관적인 대상일 수 없었다. 상하이에 살며 자주 와이탄에 가고 루자쭈이에 간다. 봄, 여름, 가을, 겨울 계절마다 참 좋고 비가 오면 비가 오는 대로, 안개가 끼면 안개가 끼는 대로 매력적인 모습을 선보이는 동방명주와 루자쭈이는 강 건너 와이탄에 서서 멀리 봐도 좋고, 동방명주 바로 아래에 서서 크게 봐도 좋다. 특히 동방명주와 주변 빌딩을 이어주는 구름다리를 따라 걸으면 미래도시를 걷는 듯한 느낌을 받을 수 있는데, 이곳의 미래적인 분위기로 인공지능과의 사랑을 그린 영화 Her⁽²⁰¹³⁾의 촬영 배경이 되기도 했다. 구름다리를 따라 동방명주, IFC Mall을 둘러보고, 조금 걸어 상하이에서 가장 고층 빌딩인 상하이 중심上海中心의 전망대나 레스토랑을 이용하면 더할 나위 없는 루자쭈이 투어가 될 것이다. 시원한 강바람을 맞으며 야경을 보고 싶다면 동방명주 앞 빈장다다오濱江大道를 추천한다.

동방명주东方明珠

Point

루자쭈이 고층 건물 5개

❖ 동방명주东方明珠, IFC Mall, 상하이타워上海中心, 진마오타워金茂中心,
   상하이경제센터上海环球金融中心

루자쭈이陆家嘴 마천루

#함께 둘러보기 좋은 곳

Point

❖ 푸동 미술관 Map of Pudong, 디즈니 스토어 Disney Store, 애플 스토어 Apple Store, 빈장다다오 강변 공원滨江大道

대한민국임시정부의 발자취를 따라 :
대한민국임시정부 기념관 大韓民国临时政府 纪念館

상하이 여행 1번지, 대한민국임시정부 기념관 주변은 사실 따지고 보면 모두 독립운동 사적지가 아닐까. 독립운동가들이 모여 살며 삶을 산 동네이니 말이다. 또 어디 태어날 때부터 내가 독립운동가요, 하는 사람이 몇이나 될까. 여러 가지 이유로 이곳에 모여 살았던 조선에서 온 사람들 모두가 먹고사는 문제에 치열하다가도 중요한 순간이 되면 조국의 안위를 염려하며 뭐라도 보태고자 그렇게 살지 않았을까.

프랑스 조계지였던 주변은 곳곳에 많은 흔적을 가지고 있다. 임시정부 청사로 사용되던 가정집 건물에서 얼마 떨어지지 않은 곳에 당시 프랑스의 여느 공원과 다를 바 없도록 조성해 둔 공원이 있었으니 바로 지금의 푸싱공원复兴公園이다. 주로 프랑스 조계지에 거주하던 프랑스 사람들의 주말 휴식과 여가 활동의 무대가 되었던 이곳의 원래 이름은 프랑스 공원이었다. 프랑스 사람들뿐만 아니라 당시 근처에 살던 독립운동가들의 휴식처이자 사색을 위한 산책 장소였다는 이야기에 공원을 갈 때마다 마음이 경건해진다.

푸싱공원 정문에서 조금 떨어진 곳에 임정 요원이었던 김해산이 살았던 곳으로 추정되는 곳이 있다. <백범일지>에 따르면 윤봉길 의사가 지금의 루쉰공원인 당시 홍커우 공원에서 거사를 치르던 1932년 4월 29일 아침, 거사 전 마지막 조찬이 이곳에서 있었다. 사지에 청년을 보내는 백범의 마음은 어땠을까. 김해산 부부에게 소고기를 사서 아침을 준비해 달라고 부탁하던 그의 마음은 어땠을까. "새벽에 윤 군과 같이 김해산 집에 가서 최후로 식탁을 같이 하여 아침밥을 먹으면서 기색을 살펴보았다…" 식사하던 매헌은 김구의 시계가 낡았다며, 자신의 시계와 바꾸자고 했다. 거절하는 김구에게 자신에게는 더 이상 이 시계가 필요하지 않다고 말하며. 그렇게 백범과 매헌은 시계를 바꿨다고 한다.

　　그리고 지금 웬창리元昌里 13호에는 한국어로 "김해산 거주지"라고 새겨진 현판이 걸려있다. 상하이에서 한글이라니, 무척이나 반갑다. 대한민국 청소년 외교단 동아리라는 글자가 함께 새겨져 있는데 상해한국학교의 동아리 학생들이 상하이에 남아있는 독립운동의 흔적이 더욱 잘 기억되고 알려질 수 있도록 자발적으로 활동을 계획하여 동네 주민들에게 허락받고 설치한 것이라고 한다. 어른들도 하지못한 일을 학생들이 했다는 사실을 알고 보니 현판이 반짝반짝 빛나는 것 같았다. 역사 전문가 중에는 지금의 주소가 당시의 주소와 같은지 고증된 바가 없고 독립 사적지 목록에도 없어서 민간 단체에서 이곳을 김해산 거주지라고 특정해 현판까지 붙인 것에 대해 다소 의아하다는 의견을 표하기도 했다. 전문가의 생각은 그럴 수도 있겠지만, 비전문가인 내 의견은 다르다. 상하이에 와서 대한민국임시정부 기념관을 방문하고자 하는 이들의 마음에는 정확한 장소나 위치보다 더 중요한 것이 있다. 모르고 지나칠 독립운동 역사의 중요한 장면이 이렇게 수면 위로 떠올라 알게 되었고, 생각하게 되었고, 기억하게 되었다는 것이다. 대한민국임시정부 기념관에서 거리가 조금 있지만 현판 덕분에 이곳을 방문할 이유가 생겼다는 것이다. 기념관에서 김해산의 집, 그리고 푸싱공원을 한 바퀴 돌면 당시 독립운동가들이 임시정부를 기점으로 이곳에서 어떻게 생활했을지 공간적 상상을 할 수 있었다. 한국어로 적혀 있는 현판 덕분에 매헌과 백범이 있었던 상하이로 시간여행을 떠날 수 있었다. 골목과 그때의 가옥을 상상해 보며 어떤 장면이 생생하게 그려졌다. 그날 아침 따뜻한 소고깃국을 앞에 두고 어떤 마음으로 어떤 대화를 나누었을까. 현생에 치여 사는 현대인에게 잠시나마 역사적 상상력을 키울 기회를 허락한 것만으로도 그 현판이 참 중요한 일을 하고 있다는 생각이 들었다. 그리고 무엇보다 어린 학생들이 이런 기특한 생각을 했다는 것 자체가 놀라운 것 아닌가. 이 현판이 이곳에 걸리기까지의 과정은 또 어떠한가. 상해한국학교의 대한민국 청소년외교단 동아리 학생들은 상하이에서 독립운동 역사에 대해 공부하던 중 그 흔적이 남아있는 곳에 안내문 하나 없는 것을 안타깝게 생각하여 현판 프로젝트를 시작했다고. 달겠다고 하면 달 수 있는 것이었던가. 아무리 조선의 독립을 위한 역사적인 공간이었어도, 현재는 누군가의 집이고, 그 집에 깃든 역사는 현재 거주민과는 전혀 상관없는 일일 터인데. 반대로 중국의 학생들이 한국의 우리 집터가 어떤 역사적인 장소라 하여 중국어 현판을 달겠다고 하면 그걸 기꺼이 허락해 줄 사람이 몇이나 되겠는가. 그러나 이곳의 주민들은 아이들의 진심 어린 마음에 감동하여 현판을 거는 것을 기꺼이 승낙해 주었다고 한다. 그렇게 우리는 '김해산 거주지'라고 쓰인 우리말 현판을 원창리에서 보게 된 것이다. 그렇게 학생들은 어른들도 생각하지 못한 것을, 아니 어른들도 하지 못하는 것을 해냈다.

산책으로, 라이딩으로 참 자주 가는 곳이 옌당루雁荡路, 화이하이중루淮海中路, 난창루南昌路인데, 갈 때마다 괜히 웬창리 13호를 들어가 본다. 뭐가 남아있거나, 반기는 이가 있는 것도 아니지만 근처를 지나면 그냥 그러고 싶어진다. 그렇게 훅 둘러보고 또 갈 길을 간다. 한국이라는 이름으로 불리기 전, 우리네 이야기가 도시 곳곳에 담겨 있는 한반도 밖 도시라는 것. 상하이를 좋아하는 셀 수 없는 이유 중 하나이기도 하다.

Point

대한민국임시정부 기념관

❖ 1926년부터 1932년까지 임시정부가 상하이를 떠나기 직전까지 사용한 청사로 당시 상하이 가옥을 그대로 이용해 국가의 정부 청사라 하기엔 초라해 당시의 상황을 생생하게 말해준다. 그때의 것이 그대로 잘 보존되어 있으며 상하이시 중심 노른자 땅으로 개발이 이루어졌지만 기념관은 계속 운영되고 있다

웬창리元昌里 13호에 걸려있는 현판

신천지가 상하이에서 하는 일 : 신티엔디新天地와 판롱티엔디蟠龙天地

신천지新天地. 참 오묘한 단어다. 새로운 하늘과 땅이라는 긍정적인 의미를 가진 이 단어는 한국에서는 종교의 이름이라 고유명사처럼 사용되고 있다. 중국 상하이에도 신천지가 있다. 이제는 상하이 여행 명소로 유명하고, 대한민국임시정부 청사 기념관과 가까워 익숙한 관광지의 이름이지만, 예전에는 한국인 관광객 중 신천지라는 이름을 보고 한국의 종교가 이곳에도 있다고 오해하곤 했다는 웃지 못할 이야기를 듣기도 했다. 지금은 상하이 도시 개발의 트렌드가 된 전통 가옥 스쿠먼石库门을 살려 현대적 상업 공간으로 조성하는 프로젝트가 시작된 곳이기도 하다. 한국식으로 '신천지'라고 부르기보다, 중국 병음대로 '신티엔디'라고 부르는 것이 더 적절할 것이다.

'신티엔디'는 부동산 개발을 중심으로 다양한 사업을 벌이는 대기업으로, 정식 명칭은 신티엔디 그룹XINTIANDI Group이다. 객관적으로는 거대한 자본으로 도시의 트렌드를 선도하는 기업이고, 주관적으로는 상하이 도심 곳곳을 예술 공간으로 만들어 가는 아티스트이다. 그런 신티엔디가 또 일을 냈으니 바로 수향마을의 쇼핑몰 판롱티엔디蟠龙天地이다.

이번 신티엔디의 작품이 더욱 인상 깊은 이유는 도심이 아닌 외곽지역이기 때문이다. 황푸강을 중심으로 도심이 형성된 상하이의 서쪽 끝에는 있는 칭푸青浦라는 행정구는 예전에는 상하이로 쳐주지도 않았다는 곳이다. 대표적인 수향마을인 주자자오朱家角가 칭푸의 서쪽에 있다. 오히려 쑤저우苏州와 더 가까운 이 지역은 2000년대 이후 도시 계획에 따라 박람회장, 국제학교, 별장, 대형마트 등이 생기면서 주거 및 상업 공간의 역할을 하는데, 한국으로 치면 김포, 일산 등의 도시를 생각하면 적절할 것이다. 이 지역은 강물은 물아래 풀이 많아 초록색을 띠므로 푸를 청青을 사용하여 칭푸青浦라 부른다. 그 물을 따라 크고 작은 마을이 형성되어 오랜 세월을 이어온 것이다. 판롱蟠龙이라는 이름처럼 용이 감싸는 듯한 강의 형세를 가진 이 수향마을은 점점 젊은이들이 도심으로 떠나고 공동화되어 가고 있었는데 신티엔디 그룹에서 손을 대어 새로운 공간으로 만들었다. 말 그대로 새로운 하늘과 땅이 된 것이다.

전통이 깃든 수향마을이 상업화된 것에 대해 아쉬움을 표하는 의견도 있다. 그러나 이렇게 하지 않았으면 공동화로 언젠가는 사라질지도 모를 공간에 생명을 불어넣었다는 의견도 있다. 분명한 것은 온고지신을 실천하는 영리한 방법이었다는 점이다. 단순한 상업 공간의 탄생이 아닌 수향마을의 대변신이자 르네상스였다. 상하이만의 특별한 정취를 갖고 있는 수향마을의 이야기를 다시 써 내려갈 수 있도록 만든 총명함이었다. 온라인 쇼핑 점유율이 높은 시대에 오프라인 쇼핑몰은 경험과 체험을 바탕으로 방문해야 할 이유를 만들어야 하는 과제를 가지고 있다. 그것을 역사와 예술을 잘 접목시켜 사람들이 찾아오게 만든 지혜는 굉장한 영감이고 신선함이었다. 취두부를 파는 세월의 흔적이 깃든 노포는 없다. 탕후루와 초콜릿 아이스크림을 파는 옛날 가옥 형태의 깨끗한 상점이 있다. 수향마을의 전통 가옥 양식인 검정 기와에 흰색 벽을 한 집집마다 블루보틀이나 스타벅스처럼 현대인에게 많은 사랑을 받는 브랜드가 입점해 있다.

마을 곳곳에 담긴 이야기는 안내판에 기록되어 방문하는 이에게 전해진다. 밤에는 은은한 조명에 수향마을의 낭만이 최고치에 달한다. 그렇게 판롱수향마을은 판롱티엔디蟠龙天地가 되어 2023년 4월 29일 문을 열었다. 송나라 전통 복장을 한 직원들이 곳곳에서 노점을 열고 체험 부스를 운영했다. 테마공원에 가까웠다. '성황리에 개업하니 와주십시오'가 아니라 '새로운 경험을 하고 싶은 분들은 줄을 서시오' 하는 상황이 되었다. 가오픈, 정식 오픈, 그리고 계절이 변하면서 그 인기는 식지 않고 상하이 여행 필수 관광지가 되었다. 수향마을이 가진 자산, 돈으로 살 수 없는 시간의 역작을 정말 잘 보존했기 때문이다.

이 마을의 특징과 가옥의 형태, 그리고 각 공간이 그 시대에 가졌던 의미와 기능에 대한 친절한 설명들이 곳곳에 있다. 그 글을 잘 읽다 보면 옛사람들의 생활을 상상해 보면서 그때의 사람들이 보인다. 게다가 한자 위에 성조까지 담아 표기한 병음에서 친절과 배려를 느낀다. 곳곳에 있는 갤러리와 공연장, 예술 작품도 이곳의 가치를 더한다. 반려견과 함께 할 수 있는 마당이나 아이들이 뛰어놀 수 있는 넓은 잔디밭은 다양한 라이프 스타일에 대한 통찰력이 묻어난다. 뭘 좀 아는 사람들이 세심하게 만든 곳임이 분명하다. 옛것을 밀고 그 땅에 새로운 빌딩을 짓는 방법이 더 이상 멋지지 않은 시대에, 중국의 신티엔디는 지혜롭고 현명한 판단을 통해 아름다운 행보를 이어가고 있다.

Point

❖ 판롱티엔디蟠龙天地 — 지하철 이용 시 17호선 기차역 두 번째 역 판롱역盘龙站에서 하차, 홍차오 공항에서 택시로 약 20분.

밤에도 아름다운 판롱티엔디蟠龙天地

수향마을의 대문과도 같은 패루牌楼

금 지붕 절과 돈이 흐르는 길 :
징안쓰静安寺와 난징시루南京西路

깊은 산 속, 들리는 것은 나뭇잎이 바람에 흔들려 사각거리는 소리뿐인 곳에 조용히 자리한 사찰 하나, 이것이 바로 보편적인 절에 대한 이미지일 것이다. 그와 정반대되는 절이 있으니 바로 자본이 집중된 곳에 금빛 지붕을 얹고 위용을 자랑하는 징안쓰静安寺다. 중국 불교문화의 중요한 유산 중 하나인 징안쓰는 247년에 건립되어 산전수전을 다 겪고 지금의 위치에 현재의 모습을 갖게 되었다. 상하이 시내에서 명품 매장이 즐비해 가장 고급스러운 길 중 하나인 난징시루南京西路에서 불교계의 명품 역할을 톡톡히 하고 있다.

밤이 되면 금빛 지붕의 매력은 더욱 커진다. 유독 그 황금 지붕이 더 빛나게 보이는 밤이 있었다. 빛나는 것도 익숙하면 배경이 된다고 워낙 자주 지나다니는 곳이라 무심코 지나치던 곳이었는데, 이 날은 유독 황금 지붕이 눈에 들어왔다. 조명이 세졌나, 내 눈이 달라졌나 고개를 들어 한참을 쳐다보다가 평소보다 유난히 어두운 밤하늘에서 이유를 찾았다. 티 없이 맑게 어두운 밤이었다. 게다가 주변의 백화점 불빛이 서로 경쟁하는 난징시루 쪽이 아닌 상대적으로 주변 빛이 적은 위위엔루愚园路 쪽이라 더 그렇게 보였는지도 모르겠다.

낮에는 태양 빛에 밀려 명함도 내밀지 못하던 도시의 빛은 밤이 찾아오면 주인공이 된다. 어두움이 있어야 보이는 것들이 있다. 동방박사가 따라간 별처럼 어린 시절 길이 보이지 않을 때 앞길을 환하게 밝혀 준 문장이 있었다.

'밤하늘이 어두울수록 별이 밝게 빛난다.'

징안쓰의 눈부신 시붕을 보며 잊고 있던 그 말이 떠올랐다. 어른이 된 후에 되새긴 문장의 의미는 여전히 유효했다. 어두움이 있어야 보이는 것들이 있다. 어두울수록 빛나는 것이 있다. 그래서 눈앞이 깜깜해진다고 두려워할 필요는 없다. 깜깜해지고 나서 그 후에 보이는 것이 있을 테니까. 어쩌면 어두울 때 빛나는 것이 자신일지도 모른다.

Point

❖ 징안쓰静安寺 — 南京西路1686, West Nanjing Road 1686
　　입장 시간 : 07:30~18:00, 입장료 50위안

까만 밤 하늘을 배경 삼아 빛나는 징안쓰 금 지붕

징안쓰역과 지하철역으로 한 정거장 떨어져 있는 난징시루역 주변

난징시루역과 가까운 스타벅스 로스터리

오동나무 가이드를 따라 :
우캉루武康路와 안푸루安福路

아무 계획이 없는, 화창한 주말에는 우캉루武康路로 향한다. 우캉루를 시작으로 가로수를 따라 마음 가는 대로 걷다 보면 지루할 틈 없이 아름다운 장면을 만난다. 모서리를 돌면 나오는 새로운 길, 푸른 플라타너스, 100년이 넘은 다양한 양식들의 집들이 이뤄내는 풍경을 보며 시간 가는 줄 모르고 걷는다. 그러다 보면 휴대폰에 알람이 울린다. 오늘의 걸음이 만 오천 보가 됐다고.

상하이시 정부는 이 가로수 구역을 2010-2035 도시 계획에서 산책하기 좋은 길, 도시 정원으로 설정하고 많은 인력과 비용을 들여 가꿔나가고 있다. 덕분에 상하이를 터로 잡고 살아가는 많은 사람과 상하이를 방문하는 여행객들은 상하이만의 특별한 정원에서 계절마다 다른 정취를 느낄 수 있다. 떨어진 나뭇잎이 이곳의 분위기를 더하기도 하는데, 2013년에는 카펫처럼 깔린 나뭇잎을 밟으며 가을을 만끽할 수 있도록 한동안 나뭇잎을 치우지 않는 프로젝트를 진행하기도 했었다. 덕분에 그 무렵 가을을 찾은 방문객들은 수북이 쌓인 나뭇잎 거리를 걸으며 가을날 산책의 운치를 제대로 누릴 수 있었다.

영화 <색,계>의 한 장면

그때의 우캉루, Fukaisen Road

영화 <색, 계>에도 우캉루가 나온다. 탕웨이가 연기한 왕치아 즈Wang Jiazhi가 양조위가 연기한 미스터 이Yi를 놓아준 후 인력거꾼에 게 'Fukaisen Road'로 가라고 하는데 그곳이 바로 지금의 우캉루다. 당시 프랑스 조계지였던 지금의 우캉루의 원래 이름은 퍼거슨 레인 Route de Ferguson으로 미국의 선교사인 존 칼빈 퍼거슨(John Calvin Ferguson, 1866- 1945)의 성을 딴 것이다. 보통 프랑스 조계 시절에 붙여진 도로명은 각 분야에서 저명한 프랑스인의 이름이었던 점을 생각하면, 미국인이 었던 퍼거슨의 이름이 프랑스 조계지의 도로명이 된 것은 예외적인 일이다. 그는 캐나다에서 태어나 미국으로 건너가 보스턴 대학에서 공부했으며 선교사로 상하이에 와 57년을 거주하며 중국과 서양 국 가들의 문화 및 정치적 교두보 역할을 한 중요한 인물로 지금의 교통 대학交通大学의 전신인 난양대학南洋大学에서 학생들을 가르쳤다. 그는 학교보다 동쪽 시내에 사는 교직원들과 학생들의 등교 및 출근길이 더욱 편리할 수 있도록 길을 만들었고 그의 이름을 따라 퍼거슨 레인이라고 명명된 것이다. 당시 중국어 발음으로 Fukaisen으로 불렸으니 영화 속 탕웨이가 말한 그 길이 바로 지금의 우캉루인 것이다. 우캉루를 따라 걷다 보면 이 지역의 가장 높은 건물인 378호 건물에 영어로 퍼거슨 레인이라 적힌 것을 볼 수 있는데, 이제 그 이유를 알 것이다.

우캉루는 프랑스 조계 시절부터 도심 정원으로 정경계에 몸담은 부유한 외국인과 중국인에게 거주지로 인기가 높았다. 대표적으로 중국 문학의 거장 바진巴金이 있다. 지금도 바진의 생가가 보존되어 있으며 당시 이탈리아 영사관저를 비롯해 역사적 건물로 지정된 곳은 현판에 간단한 설명이 영어와 중국어로 기록되어 있다. 길에서 보이는 건물 외에도 안쪽으로 보면 다가구 주택이 있어 꽤 많은 가구가 살고 있다. 태어날 때부터 이곳에서 살아오고 있는 상하이 할아버지부터, 해외에서 공부를 마치고 상하이에 자리를 잡은 젊은 상하이 부부들, 이곳의 정취에 사로잡혀 머무는 외국인들까지 지금은 다양한 사람들이 우캉루의 주민으로 살고 있다. 영국의 극작가 버나드 쇼 Bernard Shaw가 상하이를 방문했을 때 우캉루를 거닐며 기록한 것이 유명한데, 우캉루를 걷다 보면 그의 마음에 십분 공감하게 된다.

"여기를 보니 누구나 시인이 되고, 그림을 그리지 못하는 사람들도 그림을 그리고 싶어지고, 노래를 할 수 없는 사람들도 노래하고 싶어 하네",

"Placing oneself here, one who can't write poem wants to write now; one who can't sing wants to sing now, wonderful."

거리 정비가 활발하게 시작된 2010년 이전에는 지역 주민 외에는 인지도가 높지 않아 이곳에 사는 주민들은 자신의 동네를 설명할 때 '상하이 도서관 근처'라고 설명했다고 한다. 이제는 '우캉루'하면 대부분 사람이 아는 상하이의 유명 거리 중 하나가 되었고 역사 탐방을 하는 학생들, 데이트를 즐기는 커플들, 결혼사진을 찍는 예비부부들, 출사를 나온 아마추어 사진작가들 등 주말이면 다양한 방문객으로 북적이는 거리가 되었다. 우캉루에는 카페가 밀집되어 있지 않다. 걷다 보면 거주지 사이로 드문드문 카페가 있는데 2007년에 시작된 상하이 역사 거리 유지 보수 프로젝트로 인해 상업적 공간에 대해서 허가가 쉽지 않고 임대료가 비싸졌기 때문이다. 공사를 하려고 해도 지역 주민들의 민원으로 하루에 공사를 할 수 있는 시간이 정해져 있으므로 기간이 오래 걸린다. 이것저것 많은 상업 공간이 생기면 우캉루 특유의 정취가 사라질 것이기에 이 또한 우캉루를 우캉루답게 만드는 방법이라고 생각된다.

안푸루 安福路

거리의 분위기를 구성하는 요소는 건물, 자연, 도로 등을 꼽을 수 있겠지만 그중 가장 중요한 것은 바로 거리를 찾는 '사람'이 아닐까 싶다. 이런 생각이 더욱 확고해지는 거리가 있으니 바로 우캉루의 끝에서 곧게 동쪽으로 이어지는 길, 안푸루安福路다. 안푸루를 따라 자리한 상점이나 매장이 길의 성격을 좌우하겠지만, 뭐니 뭐니 해도 안푸루의 가장 큰 매력은 이곳으로 모이는 사람들이라고 생각한다. 차량의 경우 일방통행인 만큼 너비가 좁은 이 작은 길은 평일과 주말 가릴 것 없이 한껏 멋을 낸 다양한 사람들과 카메라를 들고 거리의 활기를 담고자 하는 많은 사람으로 붐빈다. 우캉루가 끝나갈 무렵 다른 옛 가옥에 비해 현대적인 큰 건물이 시선을 사로잡는데 이 건물을 시작으로 안푸루가 시작된다. 건물을 바라보고 오른쪽으로 뻗은 이 길은 상하이 쉬후이구徐汇区의 북동쪽에 있어 서쪽으로는 우캉루武康路와, 동쪽에는 챵슈루常熟路와 맞닿아 있으며 약 862m에 이른다. 12m 너비의 좁은 길로 우캉루 방향의 초입에 있는 현대식 건물 외에는 오래된 건물로 주민들의 거주지와 함께 예술극장, 편집숍, 카페, 노천 바 등이 있어 어울리고 배우고 나누는 등 젊은 마음을 소유한 이들의 다양한 문화가 가득 담긴 거리다.

안푸루를 가득 채운 멋쟁이들의 모습을 렌즈에 담아내는 백발 노장들의 모습이 안푸루 거리에 생기와 활기를 더한다.

Point

❖ 우캉맨션武康大楼에서 시작해서 우캉루武康路를 걸으면 안푸루安福路로 이어지기 때문에 산책 동선이 좋다.

#안푸루를 따라 걷다 보면 만날 수 있는 맛집과 카페

❖ Mi Thai 태국 식당 맛집 ❖ Apollo 분위기 좋은 스페니시 맛집
❖ RAC 브런치 메뉴와 갈레트 맛집 ❖ into the force 창샤长沙에서 시작한 커피 맛집
❖ Baker & Spice 간단한 건강식과 빵, 음료 맛집
❖ sunflower 오랜 프랑스 스타일의 베이커리 맛집
❖ Alimentari 노천 와인을 즐길 수 있는 이탈리안 맛집

가로수 터널 아래로 걸을 수 있는 우캉루武康路

우캉루의 시작점인 우캉맨션武康大楼

우캉루와 안푸루가 만나는 곳

우캉루에 있는 비건 카페 Fortunate Vean Cafe 테라스에서 보이는 전경

브런치 카페와 편집숍이 있는 우캉루와 안푸루가 만나는 지점

옛것을 살려라 :
콜롬비아서클 샹성신수어 上生新所 장웬張園

재활용은 상하이 공간 개조 프로젝트의 핵심 어휘로 더 이상 기능을 하지 않는 도심 속 많은 공간이 외형적인 변화는 최소한으로 하면서 기능적으로 문화적으로 매력적인 공간으로 변하고 있다. 성공적으로 옛것을 살려 새 생명을 불어넣은 공간 두 곳을 소개하고자 한다.

콜롬비아서클 샹성신수어 上生新所

1923년, 당시 각국의 조계지로 토막토막 난 상하이에는 나라별 유흥시설이 구석구석 들어섰는데 미국에서 온 상류층의 여가 시간을 위해 조성된 콜롬비아서클도 그중 하나였다. 뉴욕의 컬럼비아 서클 이름을 그대로 딴 이곳은 조계가 끝나고 격동의 반세기 후 바이오 연구소로 사용되다 문을 닫았다. 그러다 도시 재생 프로젝트의 일환으로 2018년 모두를 위한 문화 복합 상업 공간, 콜롬비아서클 샹성신수어上生新所라는 이름으로 공공 공간이 되었다.

공간의 시작이었던 컨트리클럽으로서의 모습을 그대로 보존한 덕에 이색적인 건물과 아름다운 수영장의 매력에 많은 사람이 이곳을 찾아 사진을 찍기 바빴다. 명품 업체의 전시나 패션쇼가 이루어지기도 했고 온라인 쇼핑몰의 의류 촬영 장소가 되기도 했다. 그러나,

하드웨어가 주는 매력은 한계가 있었다. 그 안에서 즐기고 놀고먹을 것이 다채로워야 손님들의 발걸음이 이어지기 마련인데 그런 부분이 부족하여 한 번의 방문이면 충분한 곳에 불과했다. 그러나 이곳은 거기서 그치지 않았다. 츠타야 서점이 들어섰고, 다양한 F&B 브랜드가 입점하더니 주말마다 다양한 행사와 활동으로 활기를 되찾고 있다. 소수의 부유층을 위한 공간이었던 컨트리클럽이 모두를 위한 공간이 되었다. 그것도 업사이클링이라는 멋진 방법을 통해서.

어느 가을밤, 다른 곳으로 가던 길에 잠깐 들렀던 콜롬비아서클에서 어마어마한 순간을 만났다. 정문에 들어서는 순간 멀리서 예사롭지 않은 음악 소리가 들렸다. 무엇에 홀린 듯 수영장 쪽으로 들어가니, 공연 중이라는 글자와 함께 약간의 인파가 보였다. 정말 공연 중이었다. 수영장을 따라 난 복도와 2층이 무대로 변신해 있었다. 이곳을 무대로 쓸 생각을 한다니, 공연자들이 극도로 꺼린다는 외부 공연에 무대와 관객석이 구분되어 있지 않은 곳이었다. 그런 곳이 가을밤, 음악, 조명, 예술가들에 의해 최고의 무대가 되었다. 겨울왕국의 엘사가 만지는 곳마다 얼음이 되어버리듯, 치파오를 입은 공연가의 발길이 닿는 곳마다 올드 상하이 시대의 어느 곳이 되어버렸다. 그녀의 움직임을 따라 시선이 부지런히 움직였다. 조명이 물결에 닿고 그대로 벽에 닿아 새로운 배경이 만들어지기도 했다. 상하이 가을 낭만이 이곳에 머물렀다. 공연과 상관없이 바로 앞 레스토랑에서 잔을 부딪치는 소리도, 가끔씩 밖에서 들리는 아이들의 주파수 높은 목소리도, 모두 공연의 일부가 되었고, 아름다웠다. 넋 놓고 보다 자리를 옮졌다. 상하이 낭만 가득 머금은 이 기분과 이 영감이, 다음 한 주도 잘 보낼 것 같은 기분으로 번졌다.

우리는 타인의 정성과 노력이 담긴 작품으로부터 영감을 받으며 내면의 세계를 확장시킬 수 있다. 새로운 경험을 통해 계속해서 성장할 수 있는데, 이 성장을 방해하는 것은 나는 다 해봤다고, 안다고 생각하는 그 생각일 것이다. 정말 시시해져서가 아니라, 시시하다고 생각하기 때문에 더 이상 나아가지 못하곤 한다. 새로운 '지금'을 경험함으로써 삶에 활력을 불어넣을 수 있다. 한 번 가봤다고 안다고 생각한다면 더 이상 그 세계는 확장되지 못하고 점점 축소되다 소멸하고 말 것이다. 그래서 가보고 먹어보고 느껴봐도 또 다른 '지금'이 될 다음에 대해 기대하지 않을 수가 없는 것이다. 콜롬비아서클, 푸른 수영장이야 수도 없이 봤지만 그래도 괜스레 이 가을 밤의 모습이 궁금해서 닿은 발걸음에 어마어마하게 많은 것을 얻을 수 있었다.

아무리 피곤하고 일이 쌓여도 짬을 내서라도 '기어 나가는' 이유이기도 하다. 그냥 걷다, 그냥 지나다, 잠깐 들러볼까? 이 길로 가볼까? 하는 생각에 발걸음을 옮긴다. 그렇게 계획에 없던 곳에서, 생각지 못한 곳에서, 예상하지 못한 장면과 공기와 분위기와 색깔을 만나고 그렇게 감탄을, 기쁨을, 활기를, 그리고 위안을 얻는다. 그래서 길을 잃어도 걱정보다는 설렘을 느끼나 보다. 여행 중 길을 잃어도 당황하지 말자. 마음이 가는 대로 걸어보자. 어느 길로 가도 재미난 일을 만날 거라 확신한다. 그만큼 상하이는 에너지의 밀도가 높다. 그러다 정 안 되면 우리에겐 지도 앱이라는 구세주가 있으니.

상하이인의 자부심이자 터전, 장웬 张园

상하이 건축양식을 이야기할 때 대표적인 가옥의 형태를 스쿠먼石库门이라 부르는데, 워낙 상징성이 큰 단어라 상하이 대표 황주 회사의 이름도 스쿠먼이 있어 술 이름으로 먼저 접하는 경우도 있다. 중국이라는 대륙에 담긴 긴 이야기에 비하면 상하이의 근현대사는 점과 같은 시간이지만, 100년이 넘는 시간 동안 이 스쿠먼은 상하이 사람들의 삶이 터전이 되어왔다. 화강암으로 만든 아치형의 문틀과 나무로 된 대문을 가리키는 스쿠먼은 단순히 대문을 말하는 것이 아니라 가옥 양식 전체를 의미한다. 아치와 창틀 곳곳에 유럽풍 문양이 새겨져 동서양의 절묘한 조화가 돋보이는 양식이기도 하다. 청나라 말기를 거쳐 상하이에 서양 인구가 유입되고 근처 농촌에서 농민 봉기로부터 도망친 지주들이 모이면서 상하이 인구가 폭발적으로 증가하며 거주지 건축에 대한 수요가 높아졌다. 그러면서 확산된 것이 스쿠먼 가옥인데 훗날에는 기근으로 먹을 것이 없어 도시로 몰려든 사람들이 더해지면서 한 가정이 살던 스쿠먼 한 채는 칸을 나누고 나눠 한 집에 여러 세대가 층과 방을 나눠 살게 되는 형태도 생겨났다고 한다. 그렇게 스쿠먼 가옥이 단지를 이루며 건물과 건물 사잇길이 골목처럼 쓰이며 서울로 치면 쌍문동의 골목 문화 같은 상하이의 농弄 문화가 생겨났다. 그렇게 스쿠먼은 상하이런上海人의 삶이 한 세기 넘게 담긴 곳으로서 의미를 갖게 되었다.

현대화와 함께 주된 거주 형태가 스쿠먼에서 아파트로 변하며 실거주지로서의 스쿠먼에도 변화가 필요했다. 거주지의 기능이 적어진 스쿠먼이 도시의 핵심 정체성으로서 그 명맥을 이어가는 방법은 상업문화 공간이었다. 대중들의 라이프 스타일에 맞는 상업 복합 공간으로 변모하고 있다. 다시 말해서, 외형과 본질적인 건축의 요소는 살리되, 이곳의 용도가 주거지에서 상업문화 공간으로 바뀌고 있다. 그리고 그곳에 세계에서 내로라하는 브랜드가 입점하여 저마다의 입지를 다지고 있다. 첫 번째 주자가 신티엔디新天地였다면 2022년 끝자락에는 장웬张園이 대열에 올라 또 다른 명소가 되어 많은 이들의 즐길 장소이자 영감과 추억의 장소가 되고 있다.

농탕을 뛰어다니던 상하이 소녀는 백발이 되어 친구들과 함께, 가족들과 함께 다시 장웬을 찾는다. 깨끗하게 다듬어진 장웬을 거닐며 여기가 누구 집이었지, 여기가 슈퍼였지 하며 추억을 더듬는 상하이 어른들을 종종 보았다. 누군가 꿈을 꾸며 자랐을 스쿠먼 가옥 동네, 장웬에 더 이상 소녀는 살지 않는다. 누군가의 삶의 터전이었던 곳이 새로운 흐름을 따라 자본을 기반으로 더 많은 사람에게 영감과 휴식과 추억을 선사하는 장소가 되었다. 이러한 변화에 좋다 나쁘다의 가치 판단이 과연 의미가 있을까. 어쩌면 이것이 장웬이라는 상하이의 거주지를 더욱 오래 유지하고 더 많은 사람들에게 유의미하게 만드는 방법일지도 모른다. 차분히 이곳을 거닐다 보면 타지에서 만나는 정서의 환기와 낯선 친숙함에 마음이 채워져 또 다음의 하루를 힘차게 나아갈 힘을 얻게 될 것이다. 아, 커피계의 명품, 블루보틀이

만들어 내는 커피 한 잔의 여유를 부릴 수 있다는 점도 이곳을 방문
해야 할 또 하나의 이유다.

❖ 콜롬비아서클 상성신수어上生新所 ― 延安西路1262, West Yan'an Road 1262

❖ 장웬 张园 ― 茂名北路188, North Maoming Road 188

Point

콜럼비아 서클 샹성신수어上生新所

가을 밤에 펼쳐진 춤극

전통가옥 스쿠먼을 만날 수 있는 장웬張園

장웬에 입점한 디올 매장

강변공원의 바람직한 예 :
웨스트번드^{Westbund} 쉬후이빈장^{徐汇滨江}

와이탄을 중심으로 황푸강 변은 북쪽과 남쪽으로 총 18km 이상 강변공원이 조성되어 있어 자전거를 타거나 걷거나 뛰기에 참 좋은 구간이다. 와이탄에서 황푸강을 따라 10km 정도 서남쪽으로 가면 다양한 예술관과 체육시설이 있는 웨스트번드^{Westbund}를 만날 수 있다. 웨스트번드는 상하이에서 가장 트렌디하고 예술적인 지역 중 하나로 손꼽히며, 퐁피두 아시아 분관부터 탱크 상하이 등 다양한 예술 전시장과 미술관이 있어 일 년 내내 국내외의 다양한 전시가 이루어진다. 또한 피크닉을 할 수 있는 잔디밭, 농구장, 보드 연습 광장 등 운동할 수 있는 공간이 잘 조성되어 있어 친구끼리 가족끼리 여가를 보내기 좋은 곳이기도 하다. 이처럼 웨스트번드 쉬후이빈장은 상하이의 예술, 문화, 여가를 즐기기에 최적의 장소로, 관광객부터 예술 애호가, 가족이나 친구들 등 다양한 사람들이 방문하는 인기 있는 지역이다. 와이탄에서 웨스트번드 방향을 따라 만날 수 있는 참 좋은 공간 세 가지를 소개한다.

첫 번째, 상하이당다이이슈보우관上海当代艺术博物馆, **Power Station of Art.**
화력발전소였던 거대 콘크리트 덩어리는 상하이 엑스포를 거쳐 각종 전시가 이어지는 문화의 장이 되었다. 상하이당다이이슈보우관上海当代艺术博物馆, Power Station of Art. 높게 솟은 콘크리트 굴뚝이 아니면 전시관을 목적으로 지어졌다 해도 과언이 아니다. 주된 에너지였던 화력의 power는 기술의 발전과 환경의 이유로 현대인의 삶에서 멀어져 역사 속으로 사라졌지만, 이제는 사람들의 마음에 영감을 지피는 power로서 Power Station of Art가 되어 그 역할을 다하고 있는 것이 첫 번째 영감이다. 주변에 Team lab이나 강변공원 외에는 딱히 볼 만한 것이 있는 것은 아니지만 전시 공간 자체로 방문하게 만드는 매력이 있는 곳이다. 이 공간의 화력발전소라는 왕년 덕분에 어느 전시관보다 층고가 높고 공간이 커서 다른 미술관에서 느낄 수 없는 신비한 느낌을 받을 수 있다. 게다가 고개를 돌려 거대한 창문을 바라보면 유리창 너머로 보이는 황푸강의 모습이 하나의 특별전이 된다. 시대가 빠르게 변하고 하루가 멀다고 삶의 방식과 생각이 변하는 우리네 삶이지만 power에 대한 관점을 달리해서 더 이상 화력이 필요 없어진 시대에도 다른 power를 만들어 가는 이곳은 공간으로 전시로, 하드웨어로 소프트웨어로 생각을 말랑말랑하게 만들어 주는 고마운 곳이다.

두 번째, 매너 커피 Manner Coffee

강바람을 맞으며 맛있는 커피 한잔을 할 수 있는 최고의 루프탑이 있다. 바로 웨스트번드의 매너 커피 매장이다. 4층짜리 매너 커피 건물은 통유리라 실내에서도 바깥을 조망하기에 더할 나위 없는 곳이다. 1층 테라스 공간에는 주로 강아지들과 함께 여유로운 시간을 보내는 이들로 가득해서 강아지를 좋아하는 사람이라면 천국에 가까운 곳을 만날 수 있다. 찬 우유와 에스프레소가 절묘하게 만나는 더티 커피dirty coffee 한 잔을 들고 조심조심 꼭대기 층에 오르면 탁 트인 시야와 함께 황푸강의 여유로움을 만끽할 수 있다. 의자는 좀 불편하지만, 커피 한 잔, 강바람, 그리고 테라스 아래로 보이는 마당의 멍멍이들과 사람들, '이거면 됐다.' 싶은 순간이 올 것이다.

세 번째, 탱크 상하이Tank Shanghai 上海油罐艺术中心

제철 음식을 챙겨 먹듯 챙겨봐야 하는 제철 풍경이 있다. 봄에는 곳곳에 심긴 튤립을, 여름에는 울창한 플라타너스와 핑크빛으로 물드는 하늘을, 가을에는 길가에 펼쳐지는 낙엽 길을, 겨울에는 앙상해진 나뭇가지와 재미난 크리스마스 장식이 짧게 요약한 제철 풍경일 것이다. 가을의 풍경을 하나 더해보면 핑크뮬리가 있다. 쉬후이빈장徐汇滨江에서 시작해서 조금 걷다 보면 핑크뮬리가 둘러싼 하얗고 동그란 건물을 볼 수 있다. 바로 탱크 상하이Tank Shanghai 上海油罐艺术中心다. 상하이 최초의 비행장인 룽화공항龙华机场의 기름 탱크로 쓰이던 원형의 탱크 5개를 미술관으로 업사이클링한 공간이다. 1966년 공항 사용 정지 후 사용되지 않다가 웨스트번드 프로젝트의 일환으로 공간 업사이클링이 진행되어 2019년에 개관하였다. 동그란 탱크 미술관 안에서 펼쳐지는 전시는 그게 무엇이 되었든 전시의 동선이 이색적이라 새롭다. 성공적인 건물 업사이클링 사례로 화제가 되기도 했다. 원형의 공간이 이색적인 전시 형태를 만들어 내기도 하고, 외형 자체가 독특하여 재미나고 특색있는 전시와 팝업이 끊임없이 이어진다.

웨스트번드에서 보는 황푸강

상하이당다이예술박물관 上海当代艺术博物馆

苗江路678 Miaojiang Road 678

매너 커피 Manner coffee 徐汇滨店

瑞宁路243 Ruining Road 243

탱크 상하이 Tank Shanghai 上海油罐艺术中心

龙腾大道2380 Longtend Avenue 2380

위챗 미니 프로그램에서 Tank Shanghai를 검색하면 현재 전시 정보를 확인할 수 있다.

천 년의 그림이 기술을 만나면 :
중화예술궁中华艺术宫과 박물관

기록의 조상이자 유물인 청명상하도는 북송 시대의 끝자락에 한림학사로 근무하던 장택단이 북송의 수도 카이펑의 청명절 풍경을 그린 그림으로, 중국 고궁박물관의 100대 보물에 의한 국보 1호이다. 가로 5m가 넘는 길이에 새겨진 당시 사람들의 모습은 외곽 농민들의 삶, 성 밖 서민들의 삶, 성 안의 삶 순서로 담겨 있다. 원본은 베이징 구궁박물관에 있지만 다른 매력으로 더욱 생생하게 당시 사람들을 만날 수 있는 곳이 상하이에 있으니 바로 중화예술궁中华艺术宫이다.

1956년에 시작한 중화예술궁은 원래 지금의 상하이역사박물관 上海历史博物馆(인민광장 옆) 건물에 있다가 2010년에 지금의 '궁宫'자리로 옮기게 되는데, 엑스포 당시 중국관으로 사용된 건물이었다. 지식백과에는 아직도 이전하기 전 사진이 뜨는데, 우연히 발견하고 수정 요청을 한 지 어언 1년이 되어가나 아직 그대로다. 시차 탓인가 보다며 너스레를 떨고 만다. 아무튼 지금의 중화예술궁은 중화의 '화华'를 형상화한 건물로 건축물 자체가 압도적인데 청명상하도를 거대한 스크린으로 만날 수 있으니 시간적 여유가 있는 여행이라면 꼭 추천하고 싶은 곳이다. 중화예술궁 자체는 무료입장이지만, 청명상하도 특별전은 20원을 내야 한다. 옛것을 지금의 기술로 생생하게, 그리고 원작에는 없는 밤의 모습과 소리까지 들을 수 있으니, 경험의 질에 비하면 무척 저렴한 가격이다. 낙타를 타고 성 안으로 들어오는 외국 사신들의 모습도 고스란히 담겨 있다. 참고로 엑스포 당시 지금의 청명상하도가 있던 자리에 원작이 전시되었었다고. 엑스포가 끝나고 베이징으로 반환한 뒤, 그 자리를 이 스크린이 채워 지금의 청명상하도 특별전이 되었다고 한다. 국보 1호인 원작을 뛰어넘을 순 없지만, 이 자체만으로도 새로운 시대의 소중한 보물이다.

먹고, 일하고, 쉬고, 울고, 웃고… 삶의 보편적인 요소는 예나 지금이나 참 그대로라 정감이 간다. 몇 년 전 두 번의 방문 후, 오랜만에 다시 찾은 곳이라 별 감흥이 없을 줄 알았는데 또 그렇지 않다. 천 년 후 사람들은 지금의 생활 모습을 보며 무슨 생각을 할까? 우리의 생활 모습은 어떤 기술의 힘을 빌려 묘사되고 재현될까? 청명상하도를 보다, 과거와 미래가 하나로 이어지는 것을 체험했다. 시간이라는 거대한 힘 앞에서 인간이 한낱 모래알 같은 존재임을 새삼 깨닫고 나니, 전부인 것 같았던 오늘의 고민과 걱정의 무게가 순간 훅 가벼워졌다. 시간은 참 신기하다.

청명상하도 전시관

Point

함께 둘러보면 좋은 박물관

❖ 중화예술궁中华艺术宫 ─ 上南路205, Shangnan Road 205, 10:00~18:00
(17:00까지 입장, 무료, 월요일 휴관. 청명상하도 특별관-20위안)

❖ 상하이박물관上海博物馆 ─ 人民大道201, Renmin Avenue 201, 9:00~17:00
(16:00까지 입장, 무료, 월요일 휴관)

❖ 상하이역사박물관上海历史博物馆 ─ 南京西路325, West Nanjing Road 325,
09:00~17:00 (16:00까지 입장, 무료, 월요일 휴관)

❖ 상하이도시계획관上海城市规划展示馆 ─ 人民大道100, Renmin Avenue 100,
9:00~17:00 (16:00까지 입장, 무료, 수요일 휴관)

중화예술궁中华艺术宫

상하이와 유태인의 은밀한 관계 :
유태인기념관上海犹太难民纪念馆과
베이와이탄北外滩

　　은혜는 돌에 새기고 미움은 물에 새기라는 어느 도장 상점의 문구가 떠오르는 곳이 있으니 바로 유태인기념관上海犹太难民纪念馆이다. 상하이의 근현대사를 이야기할 때 와이탄, 난징동루와 함께 빼놓을 수 없는 곳이 바로 홍커우虹口다. 와이탄의 북쪽에 위치한 이 행정구역은 왕년에 영국이나 프랑스 조계지였던 여느 구와 분위기가 사뭇 다르다. 일본풍이 더해져 있다는 것. 그 정체성은 이름에서부터 시작된다. 홍虹. 일본과 관계가 깊다.

　　당시 일본인을 가리키던 상하이 말, 니홍尼虹. 그리고 그들이 왔다 갔다 하는 곳이라 붙여진 코우口. 그렇게 일본인이 드나드는 곳이라는 이름으로 불리다 정식 명칭이 된 것이다. 한국인에겐 필수 방문지인 윤봉길의사기념관도 홍커우의 루쉰공원에 있다.

　　그리고 1942년, 이 동네는 더 이상 일본만의 것이 아니었다. 배를 타고 먼 길을 떠나온 오스트리아를 비롯한 서유럽 국가 사람들이 이곳에 자리를 잡기 시작했다. 가까이 쑤저우허苏州河만 넘으면 영국 조계지였던 황푸구에는 거주하는 백인이 많았지만 홍커우는 그렇지 않았기에 이곳에 새롭게 둥지를 트는 이들은 먼저 온 영국인들과 이 땅에 온 목적이 달랐다. 유태인이었다. 당시 많은 유태인은 나치의

학살을 피하기 위해 본토를 떠나야 했다. 문제는 독일과의 관계를 염려해 이들을 받아주려는 나라가 별로 없었다는 것. 그때 오스트리아의 중국 대사가 비자를 내주었고 그것을 시작으로 세 차례의 대규모 유태인의 상하이 이주가 이루어진 것이다.

당시 상하이 주민들이 새로운 이웃을 환대했던 이야기가 홍커우 곳곳에 남아있다. 유태인들이 모여 살았던 게토는 현재 유태인 난민기념관으로 운영되고 있다. 최근 새 단장을 거쳐 재개장한 기념관은 더 풍부한 자료와 미디어를 통해 그때의 이야기를 생생하게 전하고 있다. 당시 상하이로 도망친 유태인들은 새로운 땅에서 사업을 하고 교육하고 기도하며 터전을 일궜다. 유태인들은 게토 주변에서 양복점, 레스토랑, 재즈바를 운영했고 지금도 건물 곳곳에서 그 흔적을 찾아볼 수 있다. 자신들을 환대해 준 상하이 주민들과 함께 음식을 나누고 어려울 때 도와준 이야기기를 읽고 영상을 보면서 신기함 그 이상의 먹먹함과 따뜻함을 느꼈다.

2차 세계대전이 끝나고 대부분의 유태인들은 호주나 미국으로 갔다고 한다. 떠나지 않고 도시의 일부가 된 이들도 있다. 상하이에서 가정을 꾸리고 남아있던 유태인 소녀는 지금 할머니가 되었고 상하이 방언을 모국어처럼 구사한다. 서양 사람인지 동양 사람인지 한눈에 구분하기 어려운 백발의 그녀가 당시를 회고하며 이야기하는 영상은 내가 미처 몰랐던 세상의 이야기에 관심을 끌게 함과 동시에 '삶'에 대해 생각해 보게 하는 시간이기도 했다. 지금도 방학이 되면 멀리서 이곳을 찾는 유태인 가족과 후손들이 많다. 유튜브엔 Thank you Shanghai라는 영상이 있어 이 도시에 대한 그들의 감사함을 볼 수 있다.

한국인 여행객에게도 루쉰 공원에서 매헌윤봉길기념관에 갔다가, 유태인난민기념관에 갔다가, 베이와이탄 야경을 보는 코스를 추천하고 싶다. 의미 있는 순간은 물론 멋진 광경은 잊을 수 없는 추억으로 오래 기억에 남을 것이다.

Point

함께 둘러보면 좋은 곳

❖ 상하이유태인기념관上海犹太民纪念馆 ─ 长阳路62, Changyang Road 62
  09:00~17:00 (16:00까지 입장, 일반 20원, 학생 10원)

❖ 베이와이탄北外滩 강변공원 ─ 약 3.5km에 달하는 강변공원으로 산책하기 좋고 색다른 야경을 볼 수 있다.

유태인난민기념관의 동상

붉은 벽돌이 멋스러운 유대인난민기념관

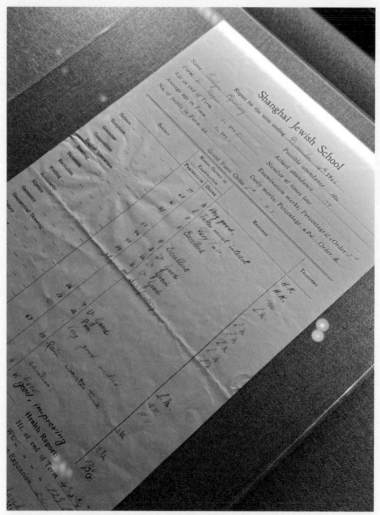

기념관 안에 전시되어 있는 당시 유태인 학교 학생 성적표

성스러움이 모인 쉬씨 마을 :
쉬자후이徐家汇와 쉬자후이 성당徐家汇天堂

'쉬씨 사람들 동네'라는 의미인 쉬자후이徐家汇를 이해하기 위해서는 명나라의 과학자 쉬광치徐光吉까지 거슬러 올라가야 한다. 그는 부친의 장례를 치르고 상하이로 내려오던 중, 난징에서 선교사를 만나 가톨릭을 접하고 신자가 되었다고 한다. 그렇게 명나라에서 가톨릭을 전파한 대표적인 인물이 되었는데, 그의 묘가 있던 곳이 지금은 공원으로 가꾸어져 쉬광치 공원으로 시민들의 휴식 공간이 되었다.

가톨릭을 바탕으로 쉬자후이에 있는 명소들은 하나의 결로 흐른다. 이곳에 성당이 생기고 성당의 자선 및 교육 활동으로 보살핌을 받은 고아들과 관련된 사람들이 이곳에 정착하면서 인구가 늘었고, 고아원에서는 공예 교육을 하여 토산만 패루라는 유명한 작품을 만들기도 했다. 인구가 늘면서 시장이 생기고, 프랑스 조계 상황이 맞물리고, 상업시설이 생기고, 난징동루 다음으로 인구가 밀집된 곳이 되어 상하이 1세대 현대식 백화점이 생기는 등 그렇게 지금의 쉬자후이가 된 것이다.

쉬자후이 성당 앞의 공원이 2022년 새 단장을 하면서 시민을 위한 공간이 되었다. 성당 바로 옆 쉬자후이 도서관의 개관도 함께 진행되었는데 도서관은 쉬자후이의 자랑인 토산만 패루를 3D로 재현하여 로비에 설치하여 명소가 되었고, 2층의 테라스는 바로 옆 성당을 조망할 수 있어 많은 사람이 찾는 곳이 되었다. 그렇게 쉬자후이 성당과 쉬자후이 도서관은 역사와 문화의 맥락이 흐르는 성스럽고 귀한 동네가 되었다.

성당과 도서관 사이에 서 있으면 눈에는 보이지 않지만 강력하고 고귀한 바리케이드 안에서 보호 받듯 편안하다. 붉은 벽돌과 높은 두 개의 첨탑이 만들어 내는 고딕 양식의 웅장함으로 이미 충분히 아름다운 건축물인데, 새로운 이웃들이 이를 더 빛내주고 있다. 쉬자후이 성당徐家汇天主堂을 중심으로 토산만 패루와 상하이 역사서가 모여 있는 쉬자후이 도서관徐家汇书院, 쉬자후이의 아버지인 쉬광치 기념관徐光启纪念馆, 상하이 영화 역사가 한 자리에 모여있는 상하이 영화박물관上海电影博物馆, 쉬자후이의 토산만 패루를 비롯한 예술 문화를 느낄 수 있는 투샨완 박물관土山湾博物馆, 동그란 미디어 전광판으로 한때 상하이의 번화를 상징하며 먹고 즐길 거리의 천국인 메이뤄청美罗城 쇼핑몰, 최고급 현대식 쇼핑몰 강후이광창港汇广场까지 모두 이웃해 있어서 도보로 이동하며 둘러볼 수 있다.

이곳을 이해하는데 핵심이 되는 단어가 있다. 바로 투샨완土山湾이다. 한자로는 토산만이라고 읽는 이 말은 흙이 쌓여 만들어진 만이라는 뜻으로 오랫동안 양쯔강 하류에서 토사가 쌓여 만들어진 이 지역을 표현하는 말로 사용됐다. 아무것도 없던 지금의 쉬자후이 구역에 상하이 개항 후 성당이 생기고, 성당에서 1864년부터 1958년까지 고아원을 운영했는데, 고아들에게 공예 기술을 가르쳤다. 공예 기술자들이 모여 사는 곳이 된 이곳은 자연스럽게 공예로 유명해졌고, 회화, 조각, 인쇄, 목판화, 금속 가공 및 기타 유형의 작업을 제공하는 투산완 수공예 공장이 세워져 중국 전통 문양뿐만 아니라 성당 창문에서 많이 볼 수 있는 스테인드글라스 기술도 상당한 수준에 이르렀다고 한다. 스쿠먼에서 볼 수 있는 돌에 새긴 조각 또한 이 지역의 공예 전문가들에 의해 탄생했으며 당시로서는 새로운 공예품과 새로운 기술이 이곳에서 시작되었다고 한다. 여러 세대에 걸쳐 예술가를 배출한 중국 서양화의 요람이 되었으며 동양과 서양의 문화가 자연스럽게 어우러지며 새로운 문화를 이루었는데 그것을 '투산완 문화'라고 부른다. 투산완 박물관에 이런 내용이 잘 정리되어 있어 관람을 하고 나면 상하이의 예술과 지형, 문화라는 퍼즐 조각이 서로 맞아들어감을 느낄 수 있다. 고아원이 있던 곳에는 현재 투산완 박물관이 세워져 그들의 이야기를 전하고 있다.

상하이시의 보물 중 하나가 바로 이 투산완에서 만들어진 중국의 전통 대문 패루牌楼다. 1912년 당시 다양한 서양 예술과 기술을 가르치던 고아원에서 수십 명의 학생들은 함께 거대한 패루를 만들었다. 1년 이상을 들인 이 작품은 높이 5.8m, 너비 5.2m이며 4개의 기둥으로 이루어졌다. 기둥마다 새겨진 조각들은 주로 삼국지 인물, 용, 크기와 모양이 서로 다른 42마리의 사자로 매우 정교하다. 1915년 미국 샌프란시스코에서 열린 만국박람회에 토산만 중국식 패루가 참가했고, 이후 1933년 시카고 만국박람회와 1939년 뉴욕 만국박람회에 차례로 참가하기도 했다. 그 이후로 토산만 패루는 격변의 시대에서 여러 손을 거쳐 해외를 떠돌았다. 미국의 인디애나 대학에서 보관하다 1980년대 초 미국인의 손에 넘어가 분해되어 판매되었다. 1985년 한 북유럽 건축가가 남은 투샨완 패루를 인양하여 이듬해 스웨덴으로 옮겼다. 2009년 6월 말, 토산만 패루는 100년이 넘는 시간을 떠돌이 생활을 끝내고 탄생지인 쉬자후이로 돌아왔다. 약 7개월간의 복원 끝에 2010년 4월 15일 정식으로 완공되어 투산완 박물관 개관일인 6월 12일에 전시되었으며, 2022년 개관한 쉬자후이 도서관에는 그 모습을 본떠 만든 3D 패루가 로비를 장식하며 그 위용을 뽐내고 있다.

Point

쉬자후이 명소

❖ 쉬자후이 성당徐家汇天主堂 — 蒲西路158, Puxi Road 158
(9:00-16:00, 주일 14:00-16:00, 무료)

❖ 쉬자후이 도서관徐家汇书院 — 漕溪北路158, North Caoxi Road 158
(9:00~17:00, 무료)

❖ 쉬광취 기념관徐光启纪念馆 — 南丹路17, Nandan Road 17 (항시 개방, 무료)

❖ 상하이 영화박물관上海电影博物馆 — 漕溪北路595, North Caoxi Road 595

❖ 투샨완 박물관土山湾博物馆 — 蒲汇塘路55, Puhuitang Road 55 (9:00~16:30, 무료)

❖ 메이뤄청 쇼핑몰美罗城 — 肇嘉浜路1111, Zhaojiabang Road 1111

❖ 강후이광창 쇼핑몰港汇广场 — 虹桥路1, Hongqiao Road 1

❖ 쉬자후이徐家汇의 상하이식 옛 이름은 지카웨이zikawei로 쉬자후이 도서관의 영문 이름이 Zikawei Library로 표기되어 있다.

메이뤄청美梦成 쇼핑몰

쉬자후이 성당徐家汇天堂

중국어를 못 해도 갈 수 있는 서점

상하이 생활의 풍성함을 더하는 것 중 하나가 도심 곳곳에 있는 크고 작은 서점이다. 역사가 오래된 서점, 볼거리가 많은 서점, 기대한 대형서점 등 시대의 흐름에 따라 변화하는 서점을 한데 모아둔 것 같아서 다양한 분위기를 만끽할 수 있다. 다채로운 콘셉트의 서점이 시시각각 인테리어를 바꾸며 잘 관리되고 있거나 신선한 아이디어를 반영한 이색 서점들이 속속 생기고 있어서 도장깨기 하듯 여기저기 서점을 둘러보는 것도 상하이 여행의 기쁨이 될 것이다. 그런데 여기서 짚고 넘어가야 할 것이 있다. 서점의 본질은 '책'인데, 그렇다면 내가 중국어로 된 책을 읽을 수 있느냐? 그렇지 않다.

나는 중국어 까막눈이다. 물론 대한민국의 유수한 교육을 받고 자란 성인으로서, 한문을 배우긴 했지만 여긴 중국이다. '상해'라고 읽으면 그건 한문을 한국식으로 읽는 것이고, 성조를 곁들여 '샹!하이이'라고 읽어야 진정한 중국의 보통화다. 글자는 또 어떤가. 현재 중국에서 쓰는 한자는 우리가 배운 한자와 그 생김새가 다른 간체이다. 기존의 한자가 쓰기가 어렵고 복잡한 '양반의 문자'라는 점에서 문맹률을 낮추고 쓰는 속도를 높이기 위해 중국의 학자와 정치가가

1956년 한자 간략화 정책을 시작하였고, 비로소 '인민의 문자'가 탄생하게 된 것이다. 생활하는 데 필요한 간체는 읽고 쓸 줄 알지만, 글자가 모여 사유를 담은 문장을 해석하고 그것을 바탕으로 생각하는 능력은 없기에 자신을 스스로 중국어 까막눈이라고 부른다.

그래도 나는 서점에 간다. 문장이 아니더라도 공간으로서 서점 자체가 주는 매력이 크다. 세상의 구석구석에서 자신만의 이야기와 생각과 취향과 트렌드와 성역을 만들어 낸 이들의 작품이 전시된 전시장이자, 발견하는 자에게만 보이는 보물을 그 안에 가득 담은 누군가의 보물 상자가 모인 서점은 글을 읽지 못하더라도 갈 이유가 충분하다. 한국에서도 시간이 나면 종종 크고 작은 서점을 다니며 책을 통해 누군가와 만나는 시간을 즐겼었는데 그때 받은 에너지가 커서인지 상하이에서도 서점같이 생긴 곳은 그냥 지나치지 못한다. 모르면 좀 어떤가, 볼 수 있는 만큼 보면 되는 걸. 생존에 필요한 중국어만 구사할 줄 아는 중문 까막눈에게는 범접할 수 없는 도서가 수두룩한 곳이지만 능력보다 중요한 것은 간절함이다. 내 안의 중문 데이터베이스에 있는 모든 글자를 동원하여 해석해 보기도 하고, 표지를 보고 내용을 추측해 보기도 한다. 그리고 정말 궁금한 책은 기술의 힘을 빌어 이미지 스캔으로 번역을 해보기도 한다. 이곳 사람들의 생각이나 흐름을 조금이나마 엿볼 수 있는 방법이기도 하다. 가끔은 중문으로 번역된 한국 책을 발견하고 괜히 반가워 이리저리 살펴보기도 한다. 얼마 전 츠타야 서점에서 백세희 작가의 베스트셀러였던 『죽고 싶지만 떡볶이는 먹고 싶어』를 발견했는데, 어찌나 신기하고 반갑고

기쁘고 놀랍던지 가슴이 벅차올랐다.

한국에서도 많은 사람들의 공감을 이끌고 위로를 전한 책이 번역되어 중국 독자들에게도 전달되고 있다니 언어라는 장벽 하나만 넘으면 많은 것을 공유할 수 있는 '우리'구나 싶기도 했다. 글을 모른다고 서점에 가지 못할 이유는 없다. 서점엔 글만 있지 않기 때문이다. 누군가의 생각이 글, 그림, 사진, 사물로 범벅되어 있으며 '공간'으로서 그 요소들이 잘 어우러져 있어 삶에 대한 에너지를 얻을 수 있는 곳이라고 믿기에 까막눈은 오늘도 당당하게 서점에 간다. 사진과 그림으로 가득한 책들이 모여있는 여행, 취미, 요리, 커피 등의 도서 판매대에서 누군가의 전문성이나 취미에 대한 깊이를 보고 나면 이상하게도 힘이 나고 뭔가 하고 싶은 다양한 동기와 욕구가 생겨 신기하다. 대부분 서점이 카페를 함께 운영하기 때문에 읽고 싶은 책을 한 권 가져가서 마련된 공간에 앉아 시간이 허락하는 만큼 책을 읽고 오기도 한다.

상하이의 서점계도 한국 서점계가 겪고 있는 온라인 구매 활성화, 독서 인구 감소 등의 문제를 동일하게 겪고 있다고 한다. 그래서 서점이 단지 책을 비치하는 곳, 책을 판매하는 곳에서 그치지 않고 공간으로서의 의미를 더해 다양한 시도를 펼치고 있다. 그래서 가보고 싶고 가야 할 서점이 많아지는지도 모르겠다.

대표적으로 몇 군데를 소개하자면 고옥의 건축양식을 살린 두어원 서점 광푸린점朵云书院广富林点, 상하이타워 고층에서 상하이 전망을 즐기며 책을 읽을 수 있는 두어원 서점 상하이타워점朵云书院·旗舰店, 노출 콘크리트와 빛으로 유명한 세계적인 건축가 안도 타다오의 설계로 따뜻한 빛으로 행복한 독서를 위한 더할 나위 없는 공간을 선사하는 신화 서점新华书店, 상하이 역사 건축물을 잘 보존하고 개조한 곳에 자리한 책과 라이프스타일을 접목시킨 일본의 츠타야 서점 콜롬비아 서클점茑屋书店 등이 있다. 영어 원서를 위주로 외국어 서적이 모여있는 와이웬 서점外文书店도 가볼 만하고, 웬만한 대형 쇼핑몰마다 입점하여 귀여운 액세서리와 소품과 함께 책을 판매하는 시시피 서점西西弗书店도 잠깐 둘러보기 좋은 곳이다. 중국어 까막눈이 중국 상하이에서도 서점에 가는 개똥철학에는 삶에 대한 애정과 세상에 대한 호기심이 그 기반을 이룬다. 언제라도 어디에서도 알고 있는 것에 대한 더 깊이 알고 싶은 욕구와, 새로운 것에 대한 호기심과, 다른 삶 즉 타인에 관해 관심 있다면 우리의 마음은 청춘을 맛볼 수 있지 않을까. '상하이'라는 타지에서 언어의 장벽을 즐기며 물리적 시간에 절대 영향받지 않는 마음의 청춘을 이어간다.

츠타야 서점

중고서점 데자뷔

츠타야 서점　　　　　　　　　　　　작은 서점 텍스트앤이미지

Point

❖ 상하이 역사의 시작, 광푸린 고옥의 고풍스러움을 담은 두어윈 서점(광푸린 지점)
　朵云书院(广富林点)　—　广富林路3088, Guangfulin Road 3088

❖ 안도 타다오가 설계한 빛이 만드는 예술의 공간을 가진 신화서점(아이친하이점)
　新华书店 光的空间店　—　吴中路1588 - 7楼, Wuzhong Road 1588 7F

❖ 상하이 황푸강 전망을 조망하며 독서를 즐길 수 있는 두어윈 서점(상하이타워 지점) 朵
　云书院(旗舰店)　—　上海中心大厦 52楼, Shanghai Tower 52F

❖ 박물관 같은 츠타야 서점(콜럼비아서클점) 茑屋书店 Tsutaya Books　—　延安西路
　1262, West Yan'an Road 1262
　* '담쟁이가 있는 집'을 의미하는 '茑屋'는 일본어로 '츠타.야[tsuta.ya]'라고 읽고, 중문으로는
　　[niǎo.wū]라고 발음한다.

❖ 평화롭고 조용한 길에 숨어있는 작은 서점 텍스트 앤 이미지 Text & Image　—　天平路
　42, Tianping Road 42

❖ 깔끔하고 세련된 중고 서점 데자뷔多抓鱼循环商店　—　安福路300, Anfu Road 300

3

상하이의 맛
로컬 맛집과 새로운 문화

상하이에서 즐겨먹는 닭요리

상하이에서 즐겨먹는 새우요리

상하이에는 상하이 스파이시 버거가 없다

    한국에서 유명한 햄버거 가게의 상하이 스파이시 버거는 실제로 상하이에선 팔지 않는다. 상하이는 매운 음식을 좋아하는 도시가 아니다. 매운 요리는 주로 쓰촨성, 즉 청두와 충칭의 요리다. 상하이는 간장과 식초, 설탕을 기본으로 한 음식이 주를 이룬다. 아, 파기름도 빼놓을 수 없다. 그래서 상하이 어르신들은 매운 걸 즐기지 않는다. 달고 시고 짭조름한 음식이 상하이 음식의 기본 맛이다. 상하이 음식을 세 분류로 나눠 소개하고자 한다. 먼저, 아침 식사나 간식으로 먹는 상하이 총요빙葱油饼, 요우티아오油条, 도우장豆浆 마치우麻球를, 그리고 대표적인 상하이 국수 파기름 비빔면 총요반미엔葱油拌面과 게살국수 시에황미엔蟹黄面을, 마지막으로 상하이 고급 요리 몇 가지를 통해 맛으로 상하이를 느껴보자.

아침 식사 : 상하이 총요빙葱油饼, 요우티아오油条, 도우장豆浆

    못 먹어 본 사람은 있어도 한 번만 먹어본 사람은 없다는 중국의 대표 페스츄리인 총요빙葱油饼은 북쪽에서 시작한 음식으로 지금은 중국의 대표적인 음식이 되었기 때문에 지역마다 다른 스타일로 즐길 수 있다. 상하이의 그것은 파가 많이 들어가는데 요즘은 젊은이들

사이에서 매운 맛이 인기가 좋아 샹라香辣 메뉴가 종종 보인다. 기름에 바짝 튀겨 겉은 바삭하고 반죽 곳곳에 박힌 쪽파의 향이 조화로운 맛있는 음식이다. 직역하면 파, 기름, 전병인데, 있는 그대로 불리는 이름처럼 맛도 담백하다. 주문하면 바로 만들어 주는 총요빙은 아침에 먹어도 점심으로 먹어도 간식으로 먹어도 야식으로 먹어도 참 맛있다. 커피와 먹어도 잘 어울린다.

여러 가지 상하이 스타일 조식 중 가장 좋아하는 조합은 바로 슴슴한 콩물인 도우장豆浆과에 단맛 하나 없이 적은 밀도로 거대한 꽈배기 요우티아오油条를 찍어 먹고 찻물에 오래 끓인 계란 차예단茶叶蛋을 먹으며 순두부에 간장과 토핑을 넣은 도우화豆花로 마무리하는 것이다. 조금 더 붙여서 찹쌀 도넛인 마치우麻球나 상하이 스타일 돈가스豬排, 주먹밥을 얇은 피에 싸서 찐 누어미샤오마이糯米烧麦를 추가하면 잔칫상이 따로 없다. 재개발이 이루어지면서 시내에서 이렇게 한 상을 먹을 수 있는 곳 찾기가 쉽지 않은데 작은 복숭아 마을이라는 뜻을 가진 샤오타오위엔小桃园은 7년째 자리를 지키고 있다. 새벽 다섯 시 반부터 다음 날 새벽 한 시까지 영업하며 카운터에서 주문하거나 식탁에 있는 QR코드를 스캔하여 주문하고 튀김, 면, 죽 등 각 코너가 따로 분리되어 있어서 주문 번호가 불리면 음식을 가져오는 방식이다.

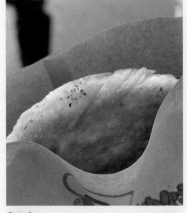

총요빙

Point

총요빙 맛집

❖ 왕영신 후상왕지총요빙沪上王记葱油饼 — 1호점 奉贤路241, 2호점 南京西路 吴江路
  美食街(스타벅스 로스터리 방향)

❖ 솽예시엔로우빙카페이푸爽爷鲜肉饼咖啡铺 — 1호점 陝西南路141 - 104室, 2호점 茂
  名南路131 - 底层B室

상하이 아침 식사 한 상

요우티아오와 도우장

도우화豆花

아침 식사하기 좋은 곳

Point

❖ 다양한 상하이 분식과 면요리를 판매하는 샤오타오위엔小桃园 — 复兴中路
   1251, Middle Fuxing Road 1251

점심 식사 : 파기름 비빔면 총요우반미엔葱油拌面과

게살 국수 씨에황미엔蟹黄面

참 볼품없이 생겼는데 알아갈수록 그게 그렇지 않은 것들이 종종 있다. 이 면이 그렇다. 총요우반미엔, 충유반면葱油拌面이다. 그러니까 쉽게 말해서 파기름 비빔면이다. 파기름을 내고 간장과 설탕을 곁들인 소스에 한국 소면과 일본 우동 그 사이 정도의 밀도와 굵기를 가진 강남 소면을 비빈다. 별 거 없는데 맛있다. 간장과 설탕을 주 양념으로 쓰는 중국 강남지방의 대표적인 면 요리다. 참고로 한국에서 흔히 '중화요리' 카테고리 안에 있는 달짝지근한 짜장면과 얼큰한 짬뽕은 중국에선 찾기 힘들다. 대륙 어느 도시의 한인타운에나 가야 만날 수 있는 '한국식 중화요리'이기 때문에 현지에서는 '한국식 중화요리'라고 불린다. 예부터 바다를 넘어 널리 널리 세계 곳곳으로 퍼진 화교에 의해 '중화'라는 단어는 참 복잡하고 글로벌한 단어가 되었다. 물론 중국에도 짜장면이 있다. 정확히 말해 '베이징 짜장면'이라 불리는 국수가 있는데 한국의 것과 달리 달지 않고 양념이 많지 않다. 딱 춘장 정도를 넣어 먹는 정도. 이미 널리 알려져 있듯 한국의 짜장면은 개항 후 인천에 자리 잡은 화교에 의해 발명된 영토상 한국 음식이다. 대륙 북쪽에서 먹던 볶은 장을 활용한 면이 한국에서 카라멜라이징을 만나 지금의 짜장면이 되었으니 '귀화'한 음식이라 하면 적당할까. 아무튼 중국 강남지역 여행 중에는 짜장면을 만날 수 없다. 음식은 참으로 인문학의 결정체다.

처음 이 국수를 먹었을 때 우선 국수의 굵기와 밀도에 놀랐다.

소면도 해운대구 우동도 아닌 딱 중간 치수의 면인데 밀도가 상당히 높아 오래 씹었다. 더 첫인상으로 돌아가면 '의심'이었다. 그릇 안에 면만 있는 것처럼 보여서 정말 고명 조금이랑 '면'만 먹는 건가 하며 의심의 눈초리로 바라보았다. 그런데 비비면서 알았다. 달콤하고 짭짤함을 더해줄 양념은 그릇 바닥에서 자작하게 비빔을 기다리고 있었다는 것을. 예로부터 강남지방은 물자가 풍요롭고, 부유해서 당시에는 값비싼 재료였던 '설탕'을 넉넉히 쓰는 요리가 많았다고 한다. 그래서 쑤저우를 비롯한 상하이와 지장성浙江省 지역의 요리는 달달한 요리가 많다. 즉 설탕은 부의 상징이었다. 이 서민 국수에도 설탕이 넉넉히 들어간다. 덧붙이자면 이 국수는 상하이만의 것도 아니다. 선으로 구분하고 칼로 나눌 수 있는 것은 인간이 만든 행정구역밖에 없을 것이다.

이 파기름 국수는 상하이 가정집에서 쉽게 만들어 먹는 국수이기도 하다. 그만큼 대중적인 메뉴이고 작고 허름한 국숫집부터 화려하고 비싼 상하이 요리점까지 대부분 메뉴로 이 국수를 가지고 있다. 게다가 집집마다 고명이나 양념의 정도가 달라서 어디가 맛나다고 말하기가 어려운 메뉴이기도 하다. 딱 한 번의 기회가 있다면 언제나 추천의 무대에 오르는 곳이 있다. 바로 신티엔디新天地에서 1km 정도 떨어져 있고, 쓰난 맨션思南公館에서 가까운 쓰난루思南路에 위치한 아냥미엔관阿娘面馆이다. 상하이어로 할머니를 뜻하는 阿娘이니 '할머니 국수'인 셈이다. 이 점포를 시작하신 할머니는 세상 소풍을 마치셨고, 할머니의 손맛은 손주가 이어받아서 하고 있다. 해를 거듭해 미슐랭의 선택을 받은 곳이라 유명세가 높은데 총요우반미엔 말고도 다양한 상하이 국수와 절임 반찬을 선보인다. 사실 파기름 간장 국수보다 현지인에게 인기가 많은 국수는 황위미엔黃鱼面이다. 흰 살 생선이 올라가는 맑은 국물의 국수로 처음에는 기름이 둥둥 떠 있는 국물과 생선과 함께 먹는 국수가 낯설었다. 김치를 부르는 맛이었다. 그러나 맛을 붙이고 나서는 종종 한 그릇이 생각나는 매력적인 국수다. 짜장면을 먹을래, 짬뽕을 먹을래와 같은 선택의 갈림길에서 상하이 옛날 스타일의 돈가스를 시키고, 이것저것 밑반찬을 주문해서 국수와 곁들이면 상하이 로컬 맛을 그대로 느낄 수 있다. 갈 때마다 주변을 돌아보면 손님들이 대부분 상하이 사람인데 세대가 다양하다는 점도 가게에 대한 신뢰도가 높아지는 것에 한몫했다. 벽에 걸린 이런저런 이야기를 보면, 국수로 인생을 풀어낸 이름 모를 할머니의 흔적이 점포 안에 그대로 남아있는 것 같기도 하다.

Point

상하이 국수

❖ 조기 살이 듬뿍 들어간 황위미엔黃鱼面
❖ 게살 소스에 비벼 먹는 시에황미엔蟹黄面

추천 국숫집 하나 더

❖ 후시라오농탕미엔관沪西老弄堂面馆

— 골목 감성 定西路685, Dingxi Road685
— 징안쓰 부근 北京西路1738, West Beijing Road 1738
— 난징동루 근처 广东路500, Guangdong Road 500

고기 고명이 올라간 총요우반미엔

새우 고명이 올라간 총요우반미엔

아낭미엔관

조기국수 황위미엔黃魚面

Point

❖ 아낭미엔관阿娘面馆 ── 思南路36, Xinan Road 36

저녁 식사 : 새우부터 홍샤오로우까지

　상하이 요리는 달다. 간장과 설탕, 식초가 주를 이루는 상하이의 다양한 요리는 매운 것과는 거리가 멀다. 훠궈도 상하이의 것이 아니다. 옛날에는 참 귀한 재료였던 설탕을 듬뿍 넣어 음식을 만든다는 것 자체가 부의 상징이었다고 하는데, 개항 후 서양의 요리법이 들어오면서 그 형태도 다양해졌다고 한다. 특히 프랑스와의 접점이 많아서 프랑스 요리법이 깃든 상하이 전통 요리나 과자가 많다. 예를 들면 나비과자 후디에수蝴蝶酥. 페이스트리류가 많은 것도 그런 이유라고 한다.

　상하이 요리를 종종 먹을 기회가 있었지만, 고급 식당이나 퓨전 식당 외에 일반 상하이번방차이上海本帮菜라고 불리는 상하이 요릿집에서의 경험은 난도가 있었다. 총요우반미엔葱油拌面이나 샤오롱바오小笼包, 고깃국 같이 누구나 먹어도 맛있는 요리를 제외하고, 걸쭉한 장에 비벼 나오는 민물장어는 냄새가 비렸고 메뉴에 따라 간장과 식초의 조합이 힘든 경우가 더러 있어서 상하이 음식 경험을 레벨로 나눈다면 나는 중하 정도겠다고 생각했다. 이 집에 가기 전까진 말이다. 이 자리에선 7년 차지만 믿거나 말거나 청나라 때부터 이어왔다는 이 식당은 1층은 빠르게 먹고 일어날 수 있는 메뉴로, 2층은 요리류를 천천히 즐길 수 있는 곳으로 구성되어 있는데 허름하고, 촌스럽다. 게다가 신티엔디에서 아래로 가면 나오는 거주 지역에 있어서 접근성도 좋지 않다. 그래서 정말 대단한 애정이 아니고서는 쉽게 오기 힘든 곳이다. 외관만 보고 판단한 나는 별 기대 없이 앉았다가 색다

른 경험에 상하이 음식은 나와 맞지 않는다는 이전의 명제에서 두 글
자를 없애고, 나와 맞는 것으로 정정했다. 민물장어의 비린내는 전혀
나지 않았고, 한 번도 맛있다고 생각한 적 없었던 생선튀김도 두 번
이나 손을 댔다. 곱창도 냄새 안 나게 쫄깃하다. 큐브 스테이크는 겉
바속촉이다. 새우 간이 너무 잘 배어 있어 머리까지 꼭꼭 씹어 먹었
다. 마지막으로 주식 샤오롱바오小笼包를 먹고, 입가심으로 탕위엔汤
圆을 먹는다. 분위기도 멋도 없는 곳이지만 로컬 분들에게도 인정받
는 진짜 맛집이라 상하이 음식 입문으로 가장 좋은 식당이 아닐지 싶
었다. 조금 경험한 것 두고 상하이 음식 어렵다며 절레절레 결론을
내린 것을 반성하며 기분 좋게 식사를 마쳤다.

Point

❖ 선입견을 깨준 소박하지만 맛있는 상하이 식당 주주휘이인九九徽印
  — 西藏南路1206, South Xizang Road 1206

기타 추천 상하이 식당

❖ 라오지스老吉士酒家 · Old Jesse Restaurant — 天平路41, Tianping Road 41
  장국영이 상하이에 오면 즐겨 갔다는 상하이 식당, 라오지스老吉士酒家 · Old Jesse
  Restaurant는 진정한 상하이 음식을 맛볼 수 있는 식당 중 하나로 쇼핑몰에도 지점이 있
  지만 티엔핑루天平路에 있는 본점을 추천한다.

민물장어 요리 샹요우쓸쓰响油鳝丝

상하이식 새우튀김 요우바오샤油爆虾

채소와 새우살이 들어간
궈티에샤오탕차이锅贴小塘菜

중국 요리 말고 동베이 요리, 강남 요리, 광동 요리, 쓰촨 요리

한반도의 우리가 너무나 자주 저지르는 잘못이 있다. 바로 이 넓고 넓은 대륙의 많고 많은 요리를 그냥 '중국 음식'이라는 네 글자에 가두려 한다는 것이다. 물론 전체적으로 봤을 때 모든 지역의 음식은 '중국 음식'이라고 해도 틀린 말은 아니지만, 고수를 안 먹는다고 해서 "나 중국 음식이 잘 안 맞아"라고 말하는 건 굉장한 일반화의 오류가 된다. '홍어삼합'을 싫어한다고 해서 '한국 음식'이 맞지 않는다고 말할 순 없듯이 말이다. 반대도 마찬가지다. 누군가 "나 중국 음식 너무 좋아"라고 한다면 이어지는 질문이 있다. "중국 어디?"

이제 질문을 바꿔야 한다. "중국 음식 입에 맞아?"에서 "중국 어느 지역 음식이 입에 맞아?"로 말이다. 중국 요리는 크게 8가지로 나뉜다. 청나라 때 지역을 기준으로 나뉜 8가지는 바로 산동, 쓰촨, 광동, 화이양을 기본으로 4대 요리를 잡았고, 청나라 말기에는 저장浙江, 푸젠福建, 후난湖南, 후이저우惠州가 추가되면서 지금의 중국 8대 요리 분야가 설정되었다. 지역 요리마다 자부심이 높고 특색이 강해 사실 순위를 매기거나 이 중에서도 대표 요리를 선정하는 것은 쉽지 않은 일이다. 꼭 그 지역이 아니어도 도시마다 각 지역의 수준 높은 요리를 선보이는 레스토랑 브랜드가 자리하고 있어서 상하이에서도 다양한 지역 요리를 맛볼 수 있다는 것이 상하이 라이프의 큰 장점이기도 하다. 각 지역의 특징과 함께 좋아하는 식당을 추천하고자 한다.

동베이 요리 东北菜 North-east Cuisine

한국인의 입맛에 가장 적합한 요리를 꼽아 보라면 바로 동베이 요리가 아닐까. 보통 동베이 요리라 하면 꿔바로우나 탕수육을 이야기하지만, 동베이 요릿집에 가보면 과장을 좀 더 해서 백과사전 같은 메뉴와 그 안에 담긴 다양한 요리 가짓수에 놀라고 말 것이다. 그래서 어떤 곳은 한 벽면을 메뉴 사진으로 가득 채워둔 식당도 있고, 메뉴판에 메뉴마다 바코드가 달려서 그걸 리모컨으로 스캔해서 주문하는 최첨단 시스템을 갖춘 식당도 있다. 이름을 몰라도 괜찮다. 큼지막한 사진을 보고 주문하면 된다. 가벼운 야채 요리부터 무거운 고기나 생선 요리까지 한국의 분식 전문점 이상으로 다양한 메뉴를 보유한 동베이 요릿집은 북적이는 분위기와 가벼운 만남에 대한 장소로 후회 없는 선택이 될 것이다. 서로 맞닿아 있는 지역일수록 음식 문화가 비슷하면서도 다르고, 다르면서도 비슷한데 지리적으로 한반도와 가까워서인지 동베이 요리는 비교적 한국인에게 익숙한 맛이라 진입 장벽이 낮은 편이다. 중국의 미식 여행을 부담 없이 천천히 떠나고 싶다면 동베이 식당부터 시작하면 좋을 것이다.

Point

❖ 현지인 추천 동베이 맛집 :
빙청라오위지아冰城老于家 — 延平路128, Yanping Road 128

강남 요리 江南菜 Jiangnan Cuisine

'친구 따라 강남 간다'는 우리 속담의 강남은 서울의 강남이 아니라 중국 양쯔강의 남쪽 지역, 즉 상하이와 쑤저우苏州가 있는 장수江苏지역과 항저우杭州가 있는 저장浙江 지역을 통틀어 말한다. 이 지역은 예로부터 지형과 기후 덕분에 물자가 넉넉하고 문화가 풍부한 부유 지역이었다고 한다. 특히 항저우는 아름다운 도시 중 하나로 13세기 이탈리아 탐험가 마르코 폴로가 극찬한 것으로 유명하다. 항저우의 호수, 시후西湖의 절경으로 손에 꼽히는 여행시이며 중국 핀테크의 대부 알리바바와 알리바바를 만든 마윈의 고향이기도 하다. 상하이에서 고속철도로 한 시간 반 정도면 갈 수 있는 덕분에 주말여행으로도 자주 갔던 항저우는 한국에서 손님이 오시면 꼭 모시고 가고 싶은 곳이다. 빡빡한 방문 일정에 시간이 애석하면 상하이에서 항저우를 느낄 수 있는 식당을 간다. 맛있는 항저우 식당 브랜드가 몇몇 있지만 여행 중일 때는 동선을 고려하면 여행지인 난징동루南京东路의 쓰먀오世茂몰에 있는 꾸이만롱桂满陇이 적격이다. 계화가 가득하다는 이름답게 계화향 듬뿍 나는 차와 함께 송나라 시대를 재현한 공간에서 항저우의 고즈넉한 분위기를 느끼며 담백하고 아름다운 요리를 즐길 수 있다. 배 모양의 테이블에 앉는다면 연꽃 가득한 시후西湖 어딘가에서 유유자적하는 듯 특별한 시간을 보낼 수 있다.

❖ 대표적인 항저우 식당:
꾸이만롱桂满陇 — 南京东路829 世茂广场 5层, East Nanjing Road Shimao Square 5F
추천메뉴 동파육东坡肉, 두부 요리 豆腐, 거지닭叫花童子鸡

Point

광동 요리 广东菜 * 粤菜 Cantonese Cuisine

　　중식 중 재료 자체에서 새로움을 느낄 수 있는 위에차이粤菜는 광둥广东요리를 부르는 말이다. 흔히 알고 있는 딤섬이 전부가 아니다. 듣지도 보지도 못한 식재료가 다양한 조리법을 통해 산해진미가 식탁 위에 올라온다. 광동 지역은 지리적으로 산과 바다를 모두 가지고 있어 재료가 풍부하고 오랫동안 다른 나라나 지역과 교류하면서 다양한 조리법이 발전하여 지금의 명성을 얻었다. 한 마디로 서로 다른 것의 만남이 만들어 내는 엄청난 시너지인 것이다. 거리에서 편하게 접할 수 있는 피시볼 국수부터 광동 사람들의 소울푸드 소고기 훠궈와 접시를 캔버스 삼아 작품을 만드는 고급 요리까지 범주 또한 다양하다. 아쉽게도 광동 지역은 상하이에서 비행기로 4시간 이상 걸린다. 그래도 다행인 것은 상하이에도 광동 요리 잘 하는 집이 많다는 것이다. 여행 중 소중한 한 번의 식사라면 광동 요리는 고급 레스토랑을 추천한다. 하나의 요리를 위해 재료를 구하는 것부터 요리하고 기다리고 요리하고 기다리는 시간까지, 그런 일종의 의식이 깃든 요리를 맛 볼 수 있다.

Point

추천 광동 식당

❖ 이루怡庐 K11店 — 淮海中路300 上海K11 4层 L405, Middle Huaihai Road 300 K11 4F
❖ 하카산Hakkasan — 中山东一路18 5层, The Bund 18 5F

쓰촨요리

가성비도 분위기도 좋은 찬찬식당

미스푸인청두 Miss Fu in Cheng Du 付小姐在成都

매운 맛이 일품인 쓰촨요리는 매운 맛을 정말 다양하고 다채롭게 표현한다. 미스푸인청두^{Miss Fu in Cheng Du} 付小姐在成都 는 상하이 생활 초기부터 맛있게 매운 음식을 먹고 싶지만 그게 훠궈는 아닐 때 향하는 곳이다. 주요 메뉴는 꼬치 요리 찬찬串串인데 원하는 꼬치를 고르면 그것을 양념해 주는 형태의 요리다. 매운 국물에 푹 담가 나오는 것과 약간의 소스에 묻혀 나오는 간干 버전을 구분해서 주문할 수 있다. 찬찬을 제외하고는 맵지 않은 메뉴도 있고, 매움을 달래주는 메뉴도 있다. 위위엔루愚园路에 있는 곳은 옛 가옥을 개조한 곳이라 고풍스러운 분위기에서 창밖으로 보이는 가로수를 감상하며 먹는 재미가 있기도 하다. 매운 것과는 거리가 먼 상하이에서 상하이 정취를 가득 담은 공간에 앉아 가게 이름처럼 청두에서 온 푸付 씨 성을 가진 언니의 쓰촨요리를 먹을 수 있는 유쾌한 이 식당은 매운 음식을 좋아하는 이에게 만족스러운 시간을 선사할 것이다.

고품격 쓰촨요리 다이닝 슬촨페이촨 食川非川·现代川味

보통의 한국인 입맛으로 맛없다고 말할 수 없는 곳인데 분위기 또한 합격점이다. 쓰촨 어디서든 볼 수 있는 길거리 음식을 고급 요리로 재해석했다. 보기 좋은 떡이 먹기도 좋다는 어르신들 말처럼 정갈하게 나오는 요리들이 하나하나 그 맛이 참 다르고 좋다. 맛없는 것이 하나도 없다. 알록달록한 음식, 멋스러운 조명, 친절한 응대, 기분 좋은 순간들이 모여 여러 번의 방문을 이끈 곳이자 사랑하는 사람들과 함께 오고 싶다는 생각을 하게 만든 곳이다. 곁들인 주류로 와인도 준비되어 있어서 와인과 쓰촨 요리가 얼마나 잘 어울리는지 경험할 수 있는 곳이기도 하다. 기본으로 주문하는 따뜻한 차와 함께 한 번, 분위기에 맞게 주문한 와인과 함께 한 번, 그렇게 물 흐르듯 이어지는 시간 속에 쓰촨 요리가 단지 맵기만 하지 않다는 것을 몸소 느낄 수 있다.

어쩌면 내가 상하이에서 먹은 음식도 '정통 그 지역 요리'라고 할 수 없을지도 모른다. 즉, 해당 지역 사람들 기준에는 상하이에서 상하이 향과 상하이 색이 짙게 밴 또 다른 이국적인 음식으로 보일지도 모른다. 어쩌면 음식에 '정통'을 논하는 게 불가한 말일지도 모른다. 우리 할머니의 제육볶음과 우리 엄마의 제육볶음이 다르듯 같은 나라 같은 문화 안에서도 또 다른 게 음식 문화다. 문화는 움직이고 만들어지고 다시 태어나고 없어지고 또 생기고 그렇게 살아 움직이니까 말이다. 그래서 더 매력적이다. 아무튼 이렇게 먹었는데 이제 적어도 '중국 음식'이라는 네 글자에서 나아가 '00 지역 음식'까지 말할 수 있는 단계가 되었으리라. 누군가는 맛있으면 그만이지 굳이 지역을 나누고 이렇게 진지하게 다가갈 일이냐고 반문할 수도 있겠지만, 음식이야말로 인문학의 결정체라고 생각하는 사람으로서 음식에 담긴 사연에 귀 기울이는 것이니 이해해 주길 바란다. 문화와 문화가 만나 새로운 문화를 만들어 내듯 음식과 음식이 만나 또 어떤 음식이 탄생할지, 그리고 어떤 방식으로 우리네 삶에 이야기를 만들어 낼지는 아무도 모르기에 매일 접하는 음식이고 관심 없는 다른 나라의 음식에 불과하더라도 잠깐 호기심을 갖고 바라보면 그만큼 나의 세계도 넓어지리라.

Point

❖ 미스푸인청두Miss Fu in Cheng Du付小姐在成都 ― 중산공원점 愚园路1355, Yuyuan Road 1355 | 인민광장점 福州路572, Fuzhou Road 572 | 징인점 愚园路88, Yuyuan Road 88

❖ 쓸촨페이촨食川非川·现代川味 ― 1호점 淮海中路999 iapm 6层, Middle Huahai Road 999 iapm 6F | 2호점 延安中路1238 静安嘉里中心 S4-02, Middle Yan'an Road 1238 Kerry Center 4F

동베이 요리

강남 요리

광동 요리

쓰촨 요리

쓰촨 요리

쓰촨 요리

훠궈에 관하여

　신선한 재료를 육수에 살짝 담가 익히면 그만인 이 간단한 훠궈가 대중들에게 많은 사랑을 받는 이유는 맛도 맛이지만 그 분위기 때문일 것이라고 종종 생각한다. 1인 훠궈도 있긴 하지만, 본질적인 특성상 여럿이 둘러앉아 먹는 것이 일반적인 훠궈는 시끌벅적하고 활기 넘치는 분위기가 더해져야 진정한 맛이 산다. 그렇게 여럿이 둘러앉아 도란도란 이야기하며 서로 땀을 뻘뻘 흘리며 매워 어쩔 줄 모르는 모습을 지켜보며, 멀리 있는 재료를 가까이 내어 주기도 하며, 육수를 조금 더 부어 2차전을 기리기도 하며, 정을 나누는 음식이라 많은 사람의 사랑을 받는지도 모른다. 대중적인 음식인 만큼 시장도 치열하다. 그동안 참 많은 훠궈집이 새로 생겼다가 사라졌다. 훠궈집이 오래가려면 신선한 재료는 말할 것도 없지만 확실한 콘셉트가 필요하다. 분위기와 서비스가 너무 중요한 메뉴라 기획자들의 아이디어가 중요한 매장이다. 입도, 눈도, 마음도 즐겁게 해주는 곳만 성공하는 이 치열한 훠궈 세계에서 인정받은 두 곳을 소개한다.

알고가기

지역별 훠궈 차이

❖ 충칭훠궈重庆火锅 — 얼얼한 매운 맛이 일품
❖ 청두훠궈成都火锅 — 샹라香辣라고 부르는 향긋한 매운 맛이 일품
❖ 광동훠궈广东火锅 — 돼지나 닭 육수로 낸 맵지 않은 훠궈에 해산물과 육류 등 다양
❖ 차오샨훠궈潮汕火锅 — 깊고 진한 육수에 정말 맛있는 소고기와 해산물 등 다양

병 주고 약 주는 주광옥훠궈관 朱光玉火锅馆

옛 충칭의 한 거리에서 훠궈를 먹을 수 있게 해주는 주광옥훠궈 朱光玉火锅는 난징동루 근처에 있어 시간이 부족한 여행자에게도 추천할 수 있는 곳이다. 분위기와 맛 두 가지 모두 훌륭하여 즐거운 식사 경험을 할 수 있다. 볶음밥이나 만두와 같은 사이드 메뉴도 상당히 맛있고 얼얼해진 입을 달랠 수 있는 빙수도 가성비가 높아 부담 없이 즐길 수 있다. 사실 이곳은 빙수 사업을 하던 사장님이 코로나를 겪으며 위기를 맞았으나 우연히 노출 콘크리트 가득한 공간을 만나게 되면서 훠궈집을 구상하였고, 그렇게 충칭에서 시작해 상하이까지 오게 된 브랜드다. 기본이 탄탄한 사이드 메뉴와 함께 훠궈의 매운 맛을 제대로 느낄 수 있다. 매우면 바로 빙수로 입안을 달래준다. 그러면 꽤 장기간, 이 훠궈 레이스를 달릴 수 있다. 그렇게까지 먹어야 하냐고? 반문할 수도 있겠지만, 훠궈는 중독성이 강하고 한 번은 그렇게까지 먹을만 한 음식이라고 덧붙이겠다. 그렇다. 이곳은 훠궈로 얼얼하게 하고, 빙수로 달래준다. 병 주고 약 주는 훠궈관이다.

무서워서 웃음이 나는 훠궈집 송충칭훠궈광 怂重庆火锅厂

'송怂'은 원래 무섭다는 의미가 있는 단어인데 인터넷 용어로 쫄다, 찌질하다의 의미로 많이 쓰이는 단어이다. 이것을 상호에 넣은 훠궈집이 있으니 바로 송충칭훠궈광怂重庆火锅厂이다. 무섭든 찌질하든 이를 자처하는 훠궈집의 실체는 귀엽기 그지없다. 밀려서 보면 훠궈집인지 키즈카페인지 모를 디자인에 발랄함이 뿜어져 나오는 직원들을 보다 보면 여기가 훠궈집이 맞나 싶다.

밝고 쾌활한 이 훠궈집에서 가장 무서운 것은 딱 하나다. 훠궈의 매운 맛. 수류탄 모양의 고추기름을 추가하면 매워 눈물이 나는 무서운 충칭 훠궈를 맛볼 수 있다. 수류탄 고추기름을 넣어 줄 때 종업원의 우렁찬 수류탄 투하 외침도 무서워서 웃음이 난다. 얼마간의 대기 시간 동안 번호표를 뽑아주는 쾌활한 직원과 몇 마디를 나누었는데 반어법과 반전이 가득했다. 충칭 훠궈라 사장님이 충칭 출신이냐 물었더니, 옅은 미소로 사장님은 광동 출신이라고 한다. 이런 기획 센스에 사장님이 젊으시겠어요, 했더니 중년을 넘기셨단다. 모든 예상을 뒤엎는 이 매력의 훠궈집은 기다림도 놀이로 만들었다. 기다리는 동안 공중 계정을 팔로우하면 동전을 주는데 그걸로 인형 뽑기를 할 수 있다. 기다림의 지루함을 마케팅과 기쁨으로 연결한 이 센스가 어찌나 감동적이었는지 모른다. 이 가게의 모토가 되는 문장 또한 재미있다. 바로 You happy is OK! 你开心就好 네가 행복하면 됐어! 이다.

싱가포르 싱글리시에 뺨치는 칭글리시는 실제 영어권에도 엄청난 영향을 끼치고 있는데 오랜만이라는 의미의 중국어, 好久不见이 그대로 영어 표현으로 자리 잡은 Long time no see가 대표적이다. 그리고 그 뒤를 이어 인산인해, People Mountain People Sea도 있다. 그리고 이 충칭 훠궈집의 좌우명 You Happy is OK가 그 뒤를 이어갈 것 같다. "네가 기쁘면 됐다"는 의미가 있는 '你开心就好'를 You happy is OK라고 해버린 억지스러운 영어 문구가 얼마나 와 닿는지! 그리고 이들의 하이라이트는 바로 댄스 타임이다. 시간이 되면 갑자기 직원들이 한데 모여 춤을 춘다.

기본적인 음식 퀄리티와 서비스, 개성 있고 생기발랄한 직원들의 미소와 외침과 군무까지, 슈퍼주니어의 쏘리쏘리가 울려 퍼지기도 한다. 방문하는 분들을 어떻게든 기쁘게 해주고 싶은 마음이 곳곳에서 느껴져 덩달아 Happy Happy OK! 하게 되는 신기한 훠궈집이다.

Point

 # 그외에 추천 훠궈 식당

❖ 레트로 느낌을 살린 공간에서 충칭의 맛을 전하는 홍지에라오훠궈鸿姐老火锅 — 延安西路1394-5栋, West Yan'an Road 1394 (몇 개의 지점이 더 있으므로 지도 앱에서 상호명을 검색하면 가장 가까운 지점을 찾을 수 있다.)

❖ 챠오산潮汕 지역의 신선한 소고기 훠궈를 즐길 수 있는 링하이용조우지차오조우뉴로디엔岭海永周记潮州牛肉店 — 进贤路222, Jingxian Road 222

❖ 뿌얀 닭육수에 부드러운 닭고기부터 해산물까지 즐길 수 있는 웨이황광푸허샤오하이시엔威皇广福和小海鲜 — 襄阳南路215, South Xiangyang Road 215

주광옥훠궈관朱光玉火锅馆

주광옥훠궈관朱光玉火锅馆

쏭충칭훠궈광창忩重庆火锅广场

닭육수로 즐기는 소고기 및 해산물 훠궈

노천에서 와인 한 잔

상하이는 다양한 국적의 사람들이 모여 사는 도시인 만큼 프랑스, 이탈리아, 스페인 같은 서양의 레스토랑이나 식사 문화를 곳곳에서 만날 수 있다. 게다가 해당 나라로 여행을 다녀온 현지인이 하는 식당이 아니라, 정말 그 나라 사람이 운영하는 식당이기 때문에 '진정한' 해당 국가 요리를 맛볼 수 있다는 것도 큰 장점이다. 이탈리아 쉐프가 화덕에서 구워주는 피자부터 프랑스 쉐프가 요리한 프랑스 제철 요리까지 모두 상하이에서 맛볼 수 있다. 상하이를 만끽하는 방법으로 노천에서 와인 한 잔, 피자 한 조각, 치즈 플레이트 하나를 제안한다.

상하이 옛 가옥에서 즐기는 피자와 와인, 솔로 가든 Solo Garden

멋도 맛도 다 갖춘 레스토랑계의 엄친아가 있다. 용핑리永平里에서 영업하며 중국의 미슐랭인 흑진주黑珍珠를 받은 레스토랑 Solo가 Solo Garden이라는 이름으로 조용하고 한적한 창러루长乐路에 두 번째 캐주얼 다이닝을 열었다. 넓은 잔디밭을 가진 양팡洋房이라 부르는 상하이 가옥을 잘 가꿔 식당으로 만들어 피자를 굽고 와인을 따라낸다. 다녀가는 사람들은 맛있는 피자 한 조각에, 와인 한 병에, 치즈

한 조각에 다정함을 담아 서로를 응원한다.

❖ Solo Garden — 长乐路333, Changle Road 333

Point

길가를 바라보며 먹는 피자, 알리멘터리 Alimentari Grande

올리브 피클과 엔초비, 각종 치즈가 반찬가게처럼 반겨주는 이 탈리아 맛집으로 상하이 젊은이들 사이에서는 고유명사가 된 맛집이다. 치즈 플레이트부터 파스타, 피자, 디저트 메뉴는 물론 좋은 와인을 착한 가격에 즐길 수 있다. 1층 테라스석은 길가를 바라보며 담소를 나눌 수 있어 햇살이 좋은 날을 즐기기에 참 좋은 곳이다. Alimentari를 중심으로 Mulino, Piccolo등 여러 지점을 보유하고 각 특색에 맞게 운영하고 있다.

❖ Alimentari Grande — 东湖路20, Donghu Road 20

Point

발효종과 건강한 식탁, 오밀스 베이커리 O'mills Bakery

발효종 빵과 신선한 채소로 건강한 식탁을 선사하는 오밀스 베이커리는 용자루 가옥 한 채를 모두 사용하는데 인기가 많다. 건강하고 맛있는 브런치를 먹기에 좋은 장소이며 커피도 상당히 맛있어서 카페 메뉴만으로도 가볼 만한 곳이다.

❖ O'mills Bakery — 永嘉路110, Yongjia Road110

Point

갈레트 참 잘하는 집, RAC

갈레트를 메인으로 맛있는 브런치 메뉴를 보유하고 있는 감성 브런치 카페다. 우캉루와 안푸루가 만나는 곳에 있어 워낙 손님이 많은 곳. 음식도 음식이지만 분위기가 참 좋은 곳이다. 두 지점이 더 있는데 옛 가옥을 개조해 만든 지점과 골목길을 굽이굽이 들어가야 만날 수 있는 지점 모두 개성이 뚜렷한 분위기를 갖고 있어 기분에 따라 번갈아 가며 가기 좋다.

Point

❖ **RAC** — 安福路322, Anfu Road 322

❖ **골목길을 따라 가면 나오는 RAC Allée** — 胶州路319-30, Jiaozhou Road 319

솔로 가든Solo Garden의 잔디밭

알리멘터리Alimentari

오밀스 베이커리O'mills Bakery

알에이씨R.A.C

거지가 운영하는 꼬칫집

　　꼬칫집을 아주 신선하게 만드는 방법이 있을까. 그 답을 문화 콘텐츠에서 찾은 똑똑한 집이 있다. 무협소설 사조 영웅전에 나오는 천하오절 중 한 명인 북개北丐와 그가 이끄는 개방丐幫이 21세기의 어느 날 꼬칫집으로 환생했다. 그러니까, 마블의 영웅 중 누군가 하나가, 한국으로 치면 홍길동이나 임꺽정, 야인시대의 이야기를 식당으로 만든 것이다. 베이까이, 북개北丐라 불리는 홍칠공洪七公은 비록 거지라 다른 오절들에 비해 지식은 짧지만, 의협심이 뛰어나고 호탕한 인물로 개방의 방주라고 한다. 그런 명확한 '스피릿'을 따라 공간, 소품, 식사까지 한 맥락으로 흐른다. 그 시절 저잣거리 식당처럼 낮지만 전혀 불편하지 않은 테이블과 의자, 주렁주렁 매달려 있는 냅킨, 큰 벽 한가운데 큼지막하게 휘갈겨 적혀 있는 글자 '개', 무협지에 나온 도구들, 거적때기 같은 유니폼을 입고 바삐 움직이는 직원들까지. 주문한 꼬치는 무심한 듯 정성스럽게 툭툭 던져 놓는데 이것도 한 맥락이다. 가격도 저렴하고 맛도 좋다. 유일한 오류가 있다면 양복 입은 매니저였는데, 소설 속 홍칠공처럼 흰머리와 흰 수염에 지팡이 들고 계시면 완벽했겠다 싶었다.

관람차, DIY, 애니메이션 코스프레, 미니어처 등 젊은 취미 스튜디오가 많은 조이시티 루프에 있어 역시 쇼핑몰과 식당의 결이 하나로 흐른다. 무협소설 덕후들에겐 파라다이스 같은 곳일 테고, 나처럼 무알못인 이들에겐 재미난 상황에서 맛있는 꼬치와 음식을 즐길 수 있는 재미난 맛집이다. 아이디어가 없다면 소설책을 펴는 것도 좋은 방법이겠다.

이렇게 세상의 각 요소들이 서로 긴밀한 연결을 두고 또 다른 모습으로 나타난다. 이런 순간을 만나면 짜릿하다. 사과 아버지가 말씀하신 것처럼 무수한 닷들을 커넥팅 해내는 것이 관건이다. "Connecting the dots"

오늘도 세상에 널려있는 각자의 닷을 모으러 가보자.

Point

❖ 베이까이시엔성北丐先生 두 곳

— 쑤저우허 다웨청大悦城北座9楼903, Joycity Mall 9F-903
— 중산공원 렁즈멍龙之梦西北门2楼, Longzhimeng 2F

베이까이시엔셩北丐先生 입구

'양질의 삶은 그렇게 비쌀 필요가 없다'는 이곳의 철학

꼬칫집의 콘셉트를 명확히 하는 소품

요즘 중식 다이닝

한식에 다양한 표현 방식이 더해져 요즘 한식 다이닝의 트렌드를 이끄는 것처럼 중식에도 젊은 요리사들과 기획자들이 만들어 내는 요즘 중식 트렌드가 인기를 끌고 있다. 전통을 재해석하여 식탁 위에 새로운 전통을 만들어 가는 방법이 옛 건물을 업사이클링하는 것 이상으로 숭고하고 멋진 의식이라는 생각이다. 중식의 재해석. 식사이기도 하지만 작품이 되기도 하는 요즘 중식 다이닝을 만나 보자.

귀여운 바오쯔를 파는 와인바

추천하고 싶은 중식 와인바이자 레스토랑으로도 손색이 없는 곳. 어두운 매장에서 테이블에 오른 주인공들과 그들이 만들어지는 주방만 밝게 빛난다. 바오쯔包子가 이렇게 힙한 음식이었다. 쑤저우와 상하이의 국수, 산샤미엔三虾面이 이렇게 와인 페어링이 기가 막히는 면이었다. 웰컴 식품으로 내어 주는 튀각도 취향 저격이다. 여기저기 약방의 감초처럼 나오던 흔한 춘권이 이곳에선 또 하나의 주연이다. 톡 쏘는 백포도주와 참 잘 어울린다. 모던 중식 와인바라고 정의하면 되려나. 이렇게 잘하는 집을 보면 좋은 전시를 본 것 같은 기분 좋음을 느낀다. 맛과 멋, 공간을 생각하고 원하는 대로 구현해 낸

종합 예술이다. 그리고 전통이라 불리는 것들이 오늘날의 누군가에 의해 현대의 것이 되면, 거기에서 나오는 뿜에너지가 굉장하다. 전통은 이렇게 오늘을 사는 사람들의 손끝에서 또 다른 역사가 되어 이어지나 보다. 이렇게 상하이 어느 와인바에서 중국스럽다는 말의 의미가 하나 더 추가 되었다.

> ❖ minim — 幸福路110, Xingfu Road 110, 18:00부터 영업

Point

차분한 아름다움을 요리하는 식당

고즈넉한 맛집, 웬구원징元古雲境은 동적인 매력보다는 정적인 아름다움으로 동양의 맛과 미를 현지 재료와 계절 콘셉트를 접목하여 선보인다. 중식의 아름다움을 음식으로 표현했다.

건강한 재료로 아름답게 만드는 요리는 자연을 해쳐서 만든 식탁이 아닌 자연에서 선물 받은 한 상임을 느끼게 한다. 윈난 요리를 생각나게 하는 갖은 버섯요리, 마라 향이 살짝 도는 맛있는 시금치 나물과 새콤한 소스에 밤을 곁들인 부드러운 닭고기, 대구 살을 얹은 차 밥, 배 모양을 본뜬 얼그레이 무스케이크는 참 편안했다. 이들이 식탁에서 풀어내는 동양의 아름다움을 경험하고 싶다면 꼭 한 번 방문해 볼 것을 추천한다.

미님minim의 바오쯔

미님minim의 산샤미엔三虾面

웬구원징元古雲境

Point

❖ 웬구원징元古雲境은 베이징에서 온 브랜드로 2021년 상하이에서의 영업 시작
  이후 현재 4개 지점을 운영하고 있다.

  ─ 푸동 : 雪野路410, Xueya Road 410

  ─ 우웬루 : 五原路137, Wuyuan Road 137

  ─ 위위엔루 : 愚园路1107, Yuyuan Road 1107

  ─ 신티엔디 마당루 : 马当路245, Madang Road 245

밀크티계의 에르메스

    중국에 오면 반드시 마셔봐야 할 것 중 하나가 바로 나이차奶茶와 과일차일 것이다. 훠궈 시장만큼이나 치열한 이 시장에서 코코可可, 이디엔디엔一点点, 차바이다오茶百道, 헤이차喜茶, 르어르어차乐乐茶는 인지도가 높고 오래 이어지고 있는 브랜드다. 이들 브랜드는 각자의 독특한 맛과 스타일로 중국 내외에서 많은 팬을 보유하고 있다. 이외에도 음료 브랜드가 굉장히 많은데 그중에서도 차에 대한 정성을 인정받아 승승장구 중인 브랜드가 있으니 바로 아마쇼주어阿嬷手作다. 수제로 만드는 장인정신을 명품에 빗대어 밀크티계의 에르메스라 불리는 이 가게는 음료에 들어가는 모든 재료를 직접 만든다는 점에서 인기가 좋다. 밀크티에 들어가는 과즙이나 쩐주(펄)의 경우 공장에서 대량으로 만든 것을 쓰는 경우가 대부분인데 그런 것들을 모두 매 지점에서 만들고 있어 수제라는 말을 앞세우고 있다. 매장에 가면 말없이 재료를 다듬는 직원을 볼 수 있는데 오픈키친 형태로 제조 과정을 다 보여줌으로써 신뢰도를 높이고 있다. 포인트를 잘 잡아 기존의 밀크티 브랜드와는 확실한 차별화를 한 덕에 그 가치를 인정받아 점점 승승장구 중이다. 매장도 신티엔디와 중산공원처럼 유동인구가 많은 곳에 있다. 문제는 그 인기만큼이나 대기가 길다는 것.

QR코드로 미리 주문을 해두고 다른 곳을 둘러보고 오면 음료가 만들어져 있을 것이다. 신티엔디점은 대한민국임시정부 기념관과 가까우니 주문하고 둘러봐도 좋다. 아이스크림은 대기하지 않아도 되니, 대기가 싫다면 아이스크림도 추천한다. 귀여운 아주머니가 정성껏 만들어 주는 阿嬤手作. 정성을 들였다고 가격으로 허세를 부리지 않고, 그걸 기본으로 삼는 착한 마음에, 푸근한 미소를 품은 아마阿嬤* 캐릭터를 보면 먹는 이의 마음도 푸근해질 것이다.

*아마阿嬤는 푸지엔福建 사투리로 이모를 부르는 친근한 말이다.

Point

 # 맛있는 밀크티 브랜드 추천

❖ 헤이차 Heytea喜茶 — 치즈크림이 올라간 과일차 맛집
❖ 차지 Chagee霸王茶姬 — 건강한 재료와 적은 양의 설탕으로 만든 밀크티 맛집
❖ Yee3 三号椰 — 코코넛 음료를 베이스로 다양한 음료를 선보이는 맛집
❖ Charlietown — 국가별 홍차로 고풍스러운 밀크티를 선보이는 맛집

직접 다듬는 재료

착한 가격의 젤라또 (15元)

차의 나라에서 젊은이들이 차를 마시는 방법

 '차茶'의 고장 중국에서 새로운 바람이 불고 있다. 바로 젊은 차관의 등장이다. 커피 시장이 확대되면서 중국에서도 젊은 사람들의 커피 소비량이 늘었다. 카페가 많이 생겼다. 차는 점점 중년의 문화가 되어 가는 것 같았다. 정적이고 차분한 이미지만큼 진부하고 따분한 이미지가 강했던 차에 대해 한 젊은이가 생각했다. 차를 아주 신선하게 마실 수 없을까? 그렇게 카이지 차관开机茶馆이 등장했다. 차를 멋있게 즐겁게 재밌게 마시는 방법을 가지고서 말이다. 그렇게 차 시장이 젊어졌다.

 몇 해 전부터 감각적인 인테리어로 젊은 커플의 데이트 장소로 인기를 끈 차관부터, 아기자기하고 예쁜 디저트 – 사실 '다과'라는 단어가 더 어울리지만, 케이크나 마카롱이 나오니, 디저트라는 단어를 쓰겠다 – 와 함께 선보이는 예쁜 차로 인기를 끈 차 카페 등 다양한 콘셉트의 차관이 생기면서 인기를 끌고 있다. 그리고 카이지 차관을 시작으로 차를 편하고 젊게 마시는 차관이 늘어나고 있다. 차에 맥주의 이미지를 더해 맥주잔에 시원한 차를 담아내고, 보통 맥줏집에서 사용하는 탭으로 콜드브루 차를 따라 주고, 맥주병처럼 생긴 차 병에 차를 담아 주는 차관이다. 이 외에도 상하이 곳곳에 새로운 차관이 문을 열어 가볼 곳이 목록에 가득하다. 다양한 아이디어와 차가 만나 시장에 다양한 차를 선보이고 있고, 차를 즐기는 세대를 넓히고 있다.

차를 마시고 음식을 먹는 건 예나 지금이나 인간사 다를 바 없으나 그 방식은 그 시대의 호기심과 창의성에 의해 달라지는 것을 목격하고 있다. 호기심과 창의성으로 범벅된 사람들이 자꾸 이거랑 저거랑 연결해서 이렇게 먹어볼까? 저렇게 먹어볼까?, 얘랑 얘를 같이 하면 어떨까? 이렇게 저렇게 취향껏 생각한 만큼 실천한 노력의 결과가 지금 우리가 누리는 많은 것들이 아닐는지. 그래서 더욱 이 새로운 카이지 차관의 행보를 응원하고 싶은 마음이 크다.

차를 맥주처럼 마실 생각을 누가 했을까. '맥주를 못 마셔도, 커피를 못 마셔도, 차만 마셔도 우리는 충분히 사교 활동을 할 수 있습니다. 차만 잘 마셔도 우리는 만날 수 있고 즐길 수 있고 젊을 수 있습니다'라고 말하는 것 같다. 언제든 즐길 수 있게, 누구든 즐길 수 있게, 차 문화를 보다 영young하게 만든 카이지 차관开吉茶馆이 상하이를 조금 더 매력적으로 만들고 있다.

❖ 높아지는 인기와 함께 여러 곳에 지점이 생겼지만 가장 추천하는 곳은 첫 번째 지점인 난창루 점이다. 카이지 차관开机茶馆 — 南昌路119, Nanchang Road 119

Point

맥주처럼 담아주는 아이스티

차를 담아둔 항아리

차와 함께 곁들이기 좋은 간식

커피 커피 커피! 블루보틀에서 로컬카페까지

　　자국 문화주의로 보수적인 이미지가 강한 중국이지만 자본에 대한 흐름과 변화는 어느 나라보다 진취적이고 적극적이다. 아! 또 실수를 범했다. 중국은 이렇다고 쉽게 규정할 수 없는 것이 중국이고, 중국에 오래 살수록 중국을 모르겠다고 말하게 되는 것이 중국이 가르쳐주는 삶의 지혜인데, 또 이렇다고 말해버렸다. 정정한다. 상하이는 그렇다. 중국은 너무 넓고 도시마다 너무 달라서 이렇다 저렇다 일반화가 힘든 나라다. 다시 말하겠다. 적어도 상하이는 그리고 1선 도시와 젊은 인구가 많은 도시는 외국 브랜드건 국내 브랜드건 '취향'을 선도하며 '트렌드'를 잡고 흔드는 브랜드에 관대하고 너그럽고 포용적이다. 그렇다. 스타벅스야 이미 대륙의 카페가 된 지 오래다. 한참 뒤에 애플이, 디즈니가, 엠엔엠즈가 상하이에 둥지를 틀어 많은 이들의 사랑을 받더니, 뉴욕 햄버거 가게 쉐이크쉑^{Shake Shack}이 상륙하고, 파이브가이즈^{Five Guys}가 햄버거로 인민폐를 벌어들이더니, 2022년 2월, 블루보틀^{Bluebottle}도 상하이 대열에 합류했다. 블루보틀이 다른 브랜드와 차별화가 되는 점은 상하이 도시 정체성을 가득 담은 공간을 잘 활용했다는 것이다. 블루보틀 1호점이 이슈가 된 것은 블루보틀 브랜드의 위상 때문이기도 했지만, 그 위치와 건물 때문이기도 했다. 블루보틀 1호점은 일부러 찾아가야 하는 곳이었다. 거주 인구 외에는 유동 인구가 많지 않은 곳으로 시 중심에서 1~2km 떨어진 곳이었는데 가보면 왜 여기에 1호점을 열었는지 이해가 되는 곳이었다. 20세기 초 밀가루 공장의 직원 숙소로 쓰이던 오래된 상하이 스쿠먼 양식 건축물이었기 때문이다.

상하이가 잘하는 것이 이런 것이다. 옛 건물의 요즘화. 하드웨어는 잘 살리고, 소프트웨어는 요즘 것들로 채우는 것에 집중하는 상하이와 커피를 문화와 예술로 만드는 블루보틀이 만나 그냥 인기 있는 카페가 아닌 새로운 요즘 상하이의 것이 탄생한 것이다.

그렇게 반년 만에 블루보틀은 2호점을 냈다. 2호점은 시 중심 쇼핑몰 1층이었는데 이번의 행보는 어느 브랜드나 선호하는 곳이라 대중에게 깊이 더 들어왔구나, 정도였다. 평일도 주말도 좌석 잡기가 쉽지 않을 정도로 인기가 좋기는 1호점이나 2호점이나 마찬가지였다. 그리고 그렇게 3호점이 2022년 끝자락에 탄생했다. 3호점은 1호점과 2호점의 장점을 모두 섞은 곳이었다. 역사적인 장소와 시 중심이라는 두 가지 요소가 혼재하는 곳, 바로 장웬張園이었다. 22년 11월에 개장하여 옛 생활을 엿볼 수 있는 재미난 공간들과 함께, 디올Dior이나 모엣샹동Moët & Chandon처럼 세계적으로 잘 나가는 브랜드가 둥지를 틀고 있다. 거기에 블루보틀도 어깨를 나란히 했다. 어느 브랜드보다 이 스쿠먼石庫門과의 궁합이 찰떡이다. 블루보틀이 지향하는 자연스러운 현지화는 이렇게 이루어지고 있다. 좌석이 몇 개 없는 것이 다소 불친절해 보이지만 장웬에서의 한 잔이니 마음이 금세 녹는다.

상하이라는 도시에서 장웬 구석구석 미로를 탐방하며 누군가의 옛 추억을 공유하는 진귀한 경험을 하다가, 블루보틀에 들러 커피를 한 잔하며 감상에 젖을 수 있는 그런 멋진 상하이 여행 코스가 탄생했다.

가볼만한 BlueBottlecoffee蓝瓶咖啡

❖ 쑤저우허 산책길과 스쿠먼의 조화 — 长安路908, Changan Road 908

❖ 현대적인 구조와 통창의 아름다움 — 南京西路1551, West Nanjing Road 1551

❖ 스쿠먼 농탕에서 커피 한 잔 — 茂名北路240, North Maoming Road 240

❖ 수향마을에서 커피를 — 蟠鼎路177, Panding Road 177

실험정신 가득한 로컬카페

상하이 도시 정신인 해납백천海纳百川의 음료화를 만날 수 있는 카페가 있다. 이것저것 다양한 시도를 멈추지 않는 카페이자 커뮤니티로 젊은이의 도시 챵샤长沙에서 시작해 상하이로 이사온 인투더포스into_the force原力飞行다. 몇 해 전 캡슐 가루 커피의 선두 주자로 이름을 알린 산둔반에서 운영하는 오프라인 카페로 커피를 매개로 다양한 활동을 선보인다. 먼저 각 지역의 특색을 살려 도시의 이름을 붙인 음료를 선보이고, 어울릴 것 같지 않은 재료를 모아 맛있는 음료로 만들어 낸다. 한 마디로 실험정신이 강하다. 그런 도전과 용기에 현지 젊은이들은 열광한다. 이제는 어떤 맛있는 발명품을 선보일지 계절이 바뀔 때마다 기대하게 된다. 뿐만 아니라 원두 재활용에 진심이라 원두 찌꺼기를 가지고 다양한 시도를 한다. 박스를 만들거나 운동

용품을 만들기도 한다. 그들의 커피에 대한 진심은 교류에서도 엿볼 수 있는데 각 도시의 대표 커피 브랜드와 협업한 캡슐 가루 커피를 선보이기도 했다. 서울의 커피 대장 프릳츠 커피 컴퍼니fritz coffee company의 캡슐 가루 커피를 보고 참 반가웠던 기억이 있다. 커피를 좋아한다면 기념품으로 사가기 좋은 캡슐 가루 커피와 굿즈들이 매장에 전시되어 있다. 젊음의 거리 안푸루安福路에서 존재감을 펼치고 있는 이 카페는 요즘 카페답게 앉는 의자는 매우 불편하다는 점을 미리 알려드리는 바이다.

❖ into_the force 原力飞行 — 安福路322, Anfu Road 322

Point

숲속 오두막에서 마시는 커피

거리에선 계화 향이, 카페에선 시나몬 향이 혈중 감성 수치를 높이는 카페가 있다. 특히 봄과 가을이 되면 그 매력이 배가 되는 곳이자 방앗간 같은 카페에서 매 계절을 만끽한다. 작은 집 한 채를 카페로 만든 곳이다. 가게 이름은 한 권의 집이라는 뜻의 一本家다. 2층으로 이어지는 계단은 한 걸음 한 걸음 뗄 때마다 꺼억꺼억 소리를 내는 그런 옛날 집이다. 커피와 스콘을 앞에 두고 두런두런 얘기를 주고받다가 잠깐 창밖 초록의 인기척에 풍경을 바라보며 마음의 여유를 찾을 수 있는 집이다. 작고 소중한 것이 많은, 작고 소중한 공간에서 마음이 보다 넉넉해진다. 그런 마음으로 내게 오는 것들을 대해야지 하는 마음이 절로 든다.

상하이에 처음 왔을 때 화려한 건물 이상으로 마음을 사로 잡았던 것들이 이런 것이었다. 작지만 묵직한 것. 매력이 분명하지만 전혀 튀지 않고 주변과 조화를 이루는 것. 아무도 눈길 주지 않는 곳에서 묵묵히 자기 색을 유지하고 있는 것. 그런 것의 대표적인 공간이었던 이 소중한 카페는 지금까지 그래온 것처럼 앞으로도 찾는 이들에게 작고 소중한 위로를 건넬 것이다. 더 커지지도, 확장되지도 말고, 색을 잃지 말고 그대로 유지되면 좋겠다는 사심을 가지고 이곳의 내일을 응원한다.

Point

❖ cafechezw一木家 ── 香山路32, Xiangshan Road 32

중국 첫 번째 블루보틀

장웬에 자리한 블루보틀

into_the force

이번지아—本家

지금만 먹을 수 있는 이상한 과일

매년 그 의미가 깊어지는 단어들이 있다. '제철'이라는 단어가 그렇다. 학생 때나 지금보다 조금 더 어렸을 때는 매년 찾아오는 설기를 따지고 기념하고 챙기는 일은 삶의 우선순위가 아니었다. 철 따라 자연의 손길을 즐기는 것은 어른들의 일이었다. 목표를 향해 온 전력을 쏟아 달려가는 이에게 절기의 변화와 그에 따른 산물은 집중과 몰입을 방해하는 장애물에 불과했다. 고속도로 위의 초보 운전자에게 중요한 건 도로 옆으로 지나가는 산과 들이 아닌 큼직하게 방향과 남은 거리가 적힌 표지판인 것처럼 말이다. 경치는 중요하지 않다며 열심히 밟았더랬다.

돌이켜보면 정신력이었다. 피어나는 벚꽃이 어찌 눈에 보이지 않고, 불어오는 봄바람이 어찌 살 끝에 닿지 않았겠는가. 아무리 초보 운전자라 해도, 아무리 갈 길이 멀어도, 아무리 속도를 높여도, 초보 운전자도 사람인데 고속도로 옆으로 붉게 물든 단풍이 보이지 않을 수가 있겠는가. 뭐라도 이룬 뒤에 즐기자며 많은 제철을 미뤘다. 꽃이 피든 말든, 철에 따라 생물의 황금기가 오고 가든 말든, 의식적으로 무심했다. 해야 할 일 많고, 얻어야 할 것 많고, 이뤄야 할 것 많은 청년에게 '제철'은 사치였을 것이다. 절대적으로든 상대적으로든 그 열심을 속도로 수치화시키면 그다지 높은 편은 아닐 수도 있지만 적어도 당사자는 열심히 달렸다.

그렇게 한참을 달리던 초보 운전자는 그러다 문득 깨달았다. 사실 목적지는 정해져 있지 않다는 것을. 내가 멈추는 자리가 목적지라는 것을. 그리고 고속도로 말고 다른 길도 많다는 것을. 게다가 멀리 가려면 휴게소라도 들러서 스트레칭도 하고 화장실도 가고 그 지역 특산물로 만든 간식도 챙겨 먹어야 한다는 것을. 이윽고 그는 운전의 목적이 바뀌었다. 도착이 아닌 길 위의 모든 여정을 즐기는 것으로 말이다. 콧노래도 불러가면서.

그새, 어른이 되었을까, 여유가 생겼나, 그렇게 이번 생은 처음인 초보 운전자는 무시하고 외면했던 '제철'이라는 단어의 깊이를 알아가고 있는데 익숙한 한국이 아닌 해외에서 만나는 제철은 더욱 새롭고 인상적이다. 때마다 계절을 알려주는 과일이 있는데 사는 곳이 바뀌면 그 과일도 바뀔 터, 상하이에 살면서부터 한국에서는 보지 못했던 과일이 늦봄과 초여름을 알려주는 제철 과일로 추가되었다. 바로 양메이杨梅다. 양메이를 소개하기 위한 서론이 참 길었다.

5월이 깊어지면 만날 수 있는 이 녀석은 그 기간이 매우 짧아 보일 때 먹어야 한다. 남쪽이라 사계절 내내 과일이 풍부한 이곳에서도 제철은 명확하다. 양메이는 딱 이때만 나오고 이 철의 양메이가 참 맛있다. 외관은 별로이다. 처음 보는 이에겐 징그럽다는 인상마저 준다. 매력적이지 않은, 어쩌면 불호不好에 가까워 보이는 외관은 그 맛이 너무 좋아 외모를 보고 판단하는 어리석은 마음을 거르려는 조물주의 깊은 뜻이 담겨 있는지도 모르겠다. 물론 개인의 취향에 따라 이 과일 맛에 대한 평은 다르겠지만, 새콤하고 달콤함이 참 적당하고 씹히는 질감이 물컹도 딱딱도 아닌 딱 중간이라 있는 자리에서 한 바구니를 먹는 나는 5월 중순과 6월 초에 상하이를 방문하는 분들에게 양메이의 맛을 꼭 한번 느껴보라고 권하고 싶다.

알맞은 시절이라는 순우리말, 제철이라는 단어의 의미가 그렇게 조금씩 깊어진다. 별일 없는 하루가 무료하게 느껴지다가도 다음 계절엔 누가 제철일까 기다리며 철을 느끼고 날씨를 감상하고 꽃의 아름다움을 표현하는 하루가 참 사랑스럽다. 인생에도 제철이 있을 테지. 씨앗을 심고, 물을 주고, 발아하고, 줄기가 크고, 잎이 나고, 꽃이 피고, 열매가 열리고, 떨어지고, 그런 자연의 순환 속에 사람도 있다. 제철. 알맞은 시절이다.

5월 중순부터 볼 수 있는 양메이楊梅

양메이楊梅 먹는 방법

Point

❶ 한번 흐르는 물에 씻는다.

❷ 소금물에 5분 정도 놔둔다. (혹시 모를 벌레를 퇴치하기 위해, 시간이 넉넉하면 20분
정도를 추천한다고 함)

❸ 한 방향으로 휘휘 저어준다.

❹ 깨끗한 물로 헹군다.

❺ 키친 타월로 닦아준다.

마오타이가 들어간 커피

두 브랜드의 만남

어울릴 것 같지 않은 두 음료의 동거가 2023년 중국을 뜨겁게 달궜다. 대표적인 중국의 고량주 브랜드 마오타이茅台와 현지에서 나고 자란 저가 커피 브랜드 루이싱 커피Luck in Coffee의 콜라보로 탄생한 '장향 라테醬香拿铁'가 그 주인공이다. 서로 다른 브랜드의 콜라보를 통한 음료나 상품의 출시는 최근 트렌드라 할 정도로 소비 시장에서 많이 보이는 일이라 콜라보 자체가 특별한 것은 아니다. 루이싱 커피도 그간 다양한 기업과 함께 콜라보를 이어왔다. 그러나 이런 인기는 처음일 것이다. 9월 4일 출시 이후 하루에 1억 잔이 팔렸고, 소셜 미디어는 마오타이 로고를 두른 루이싱 라테로 도배되었다. 입소문과 호기심에 그 인기는 얼마간 지속되고 있다. 하도 인기가 많아 금방 품절이 되는 탓에 맛이라도 보려는 이들은 배달앱을 요리조리 살피며 아직 주문이 가능한 지점을 찾아야 하는 눈치싸움도 벌여야 한다. 최근 몇 년간 재정난에 관한 기사 외에는 주인공이 되지 못하던 루이싱 커피에 드디어 호재가 생겼다.

마오타이와 커피가 만나면 어떤 맛이 날까? 호기심에 가득 찬 소비자에게 커피값 19원(3,400원)은 얼마든 지불할 수 있는 경험비

였다. 나도 대열에 합류했다. 뭔가 섞인 것을 좋아하지 않아서 일반 라테도 그다지 좋아하지 않는 나도 선뜻 주문했다. 별로면 뱉으면 그만이지, 하고 말이다. 생각보다 향이 좋았다. 은은한 복숭아 향이 커피에서 나다니. 그리고 이어진 한 모금에서 생각보다 괜찮은 맛을 느꼈다. 마신 뒤 은은하게 남는 마오타이 향이 나쁘지 않았다. 별로라는 후기도 있지만 대부분은 생각보다 괜찮다는 평이 많아 관심이 없던 사람들도 '한 번 먹어봐야지'라며 소비로 이어졌다.

마오타이와 루이싱 커피, 그리고 중국 시장

마오타이는 중국 백주계의 고유명사 격인 브랜드로 1949년 신중국(현 중화인민공화국)의 영웅인 마오쩌둥의 이야기에 힘입어 지금의 위상을 갖게 되었다. 전쟁 중 귀주貴州의 마오타이 마을에 다다른 그가 그곳에서 맛본 지역 술에 반해 그 후에도 즐겨 마시기 시작한 것이 브랜드의 유래다. 한국의 '도루묵' 이야기와 시작은 같으나 끝이 다르다. 조선 14대 선조가 피난길에 먹고 반해 '묵'이라는 생선에게 '은어'라는 이름을 하사했다가 그 이후에 다시 먹었을 때 그 맛이 예전과 같지 않아 '도루묵'이라 했다는 그 이야기 말이다. 도루묵과 달리 마오타이는 지도자의 신화와 함께 거의 국주國酒에 가까운 위상을 갖게 되었다고 한다. 한국에서도 고량주 하면 '마오타이' 아니던가. 고생길에 마신 술이라 더 그랬겠지만 정말 마오쩌둥이 가장 좋아한 술인지 사실 여부는 확인할 수 없다. 원래 자본주의와 소비 시장의 가장 강력한 홍보 방식은 '카더라 통신'이니 마오타이 기업 입장에서는 놓칠 수 없는 브랜드 스토리였을 것이다. 게다가 백주

시장에는 수백 개의 브랜드가 있고 경쟁이 치열하므로 부동의 1위란 있을 수 없고 매출을 위해 기업마다 부단한 노력을 쏟고 있다. 아무튼 백주는 도수가 높은 술이라 호불호가 많고 진입 장벽이 높은 편이긴 하지만, 복숭아 향이 은은한 그 향기가 참 매력적이라는 것은 백주를 즐기지 않는 나에게도 부인할 수 없는 사실이다.

그런 마오타이 기업이 몇 년 전부터 큰 노력을 쏟아온 과제가 있었는데 바로 '젊은 소비자 사로잡기'였다. 백주의 주된 고객층은 장년 이상으로 중국 젊은 소비자들은 상대적으로 백주를 즐기지 않는다. 이유야 많겠지만 우선 백주에 비해 와인이나 맥주의 인기가 훨씬 높고, 젊은 소비자에게 백주는 훠궈를 먹을 때를 제외하고는 외식 메뉴와 페어링하기 적절하지 않고 또 맑은 모습이 사진을 찍어 올리기에 장점이 없는 것도 한몫한다고 본다. 이런 젊은 소비자를 고객으로 만들기 위해 마오타이는 다른 백주 브랜드에 비해 부단한 노력을 해오고 있었다. 2018년에는 젊은 소비자가 즐겨 가는 쇼핑몰 TX MALL에서 모히토 콜라보를, 2020년에는 아이스크림 브랜드 론칭과, 귀여운 캐릭터 제작을 시도하며 대중에 더 가까이 가고자 노력했다. 뭔가 터지진 않았지만.

그리고 2023년 9월. 드디어 하나가 터졌다. 바로 루이싱 커피와 함께 한 '마오타이 라테'가 효자 상품이 된 것이다. 술에도 유행이 있다면 지금 상하이는 여러 술이 오묘하게 섞여 새로운 맛을 내는 칵테일의 시대다. 걷기 좋은 거리 상하이 창러루长乐路에는 카페처럼 생긴

아기자기한 칵테일 바가 모여들었고 저녁이 되면 맥주부터 각종 칵테일을 즐기기 위한 젊은 소비자들이 몰려들어 창러루에 활기가 넘친다. 한편 이제는 일상 음료가 되어버린 커피와의 콜라보 칵테일도 상당했는데 비단 중국 내수 시장만의 분위기는 아니었다. 세계적으로 위스키가 들어간 음료나 커피가 젊은 소비자들을 사로잡고 있으니 말이다. 이러한 소비 흐름을 타고 마오타이와 루이싱 커피의 합작, '장향 라테'가 9월 4일 출시되었고 하루에 1억 잔이 팔렸다. 외신에서도 다뤘다.

루이싱 커피瑞幸咖啡Luckin Coffee는 2017년 중국의 스타벅스가 되겠다며 호기롭게 시작한 커피 브랜드이나 회계 조작 등 여러 이슈로 악재가 쌓인 기업이기도 하다. 소비 시장에서는 워낙 할인 쿠폰을 쉴 새 없이 뿌려댄 덕분에 매일 커피를 마셔야 하는 회사원에겐 데일리 커피로 자리를 잡았다. 전용 앱을 설치하면 아침마다 그렇게 커피를 마시라고 이런저런 이유를 붙여 할인 쿠폰을 보낸다. 그리고 어디에나 있다. 스타벅스가 있으면 그 옆엔 루이싱 커피가 있다. 접근성이 좋다. 안락한 공간을 선사하진 않는다. 주로 배달을 위주로 한다. 굉장히 다양한 메뉴를 보유하고 있다. 그럼에도 나는 루이싱 커피를 주문해서 먹는 편은 아니다. 우선 맛에서 장점을 느낄 수 없었다. 가끔 신메뉴가 나오면 궁금해서 사 먹는 정도. 차라리 더 맛있는 커피를 가성비 좋은 가격에 제공하는 매너 커피Manner Coffee를 마신다. 그러니까 그렇게 대단한 브랜드는 아니었는데 좋은 짝을 만나 대박이 난 것이다.

이번의 협업을 눈여겨보게 된 것은 한국에서의 관심 때문이기도 했다. 이 현상을 한국의 많은 미디어에서 '애국주의 소비'로 분석했기 때문이다. 정작 느껴지는 현장 분위기는 그렇지 않았다. 우리나라 술과 커피니까 사 마시자! 그것이 소비의 이유는 아니었다. 그냥 재미와 호기심, 익숙한 새로움. 지금 상하이의 젊은 소비층에서 화두인 그런 것들 때문으로 보였다.

되려 이곳 시장 반응은 한국이 유니클로와 같은 일본 기업 불매운동을 펼칠 때, 그것을 신기하게 본다. 소비 시장은 정치와 경제가 철저히 분리된 곳이기도 하다. 정치적으로 미국과 사이가 그렇게 나쁠 때, 미국에서 온 각종 브랜드가 최고 주가를 누렸다. 애플, 쉐이크쉑, 파이브가이즈, 블루보틀, 테슬라, 폴로 등등 셀 수 없이 많은 브랜드가 환대받으며 대륙에 안착했다. 정치적으로 국가에서 제압하면 어떤 기업도 살아남을 수 없는 구조지만 소비자의 마음은 또 그렇지 않다. 소비 시장은 정말 예측 불가라 정말 좋은 제품들은 어떻게든 구해내는 곳이기도 하다.

사드 때 한국 브랜드가 받은 타격이 컸기 때문에 한국 내에서 중국 시장의 애국 이미지가 강해졌고 나도 그렇게 알고 두려운 마음으로 중국에서의 삶을 시작했는데, 종잡을 수 없는 시장의 흐름에 내가 알고 있던 기존의 공식이 맞는 게 없다는 생각을 했다. '사드 때문에 한한령 때문에 망했어', '중국에선 안 돼'라고 말하는 한국인 사장님도 있지만 오히려 그 시기에 승승장구 해나간 같은 분야의 사장님도 있다. 같은 공식을 대입해 시장을 보기보다, 이건 어떤 요소가 들어가 있을까 새롭게 보려고 노력해야 한다는 생각을 하고 있다. 그래야 조금 읽힌다. 제대로 된 성공 비결이 말이다. 그리고 무엇보다 나 또한 소비자이기 때문에 소비하는 마음을 알 수 있다. 사드로 시작되었다고 하는 한국 브랜드의 중국 시장에서의 쇠퇴에 대해서도 유감이지만, '한국 브랜드라서'라고 하기보다 더 이상 매력점이 없기 때문이기도 할 거다. 중국, 적어도 상하이 소비자들에게 매력적인 브랜드의 출신 국가는 중요하지 않아 보인다. 젠틀 몬스터는 날개를 달았고 잘 되는 시내 한식당은 매달 예약이 가득 찬다.

어떤 현상이 생기면 그걸 분석하여 다음에 적용하고자 하는 의지는 당연하다. 그러나 시장은 살아있어서 부단히 변화한다. 영원히 먹히는 방법도 영원히 먹히지 않는 방법도 없다.

소비자로서 살아온 한 개인의 시장학을 풀어보았다. 버거킹이 처음 중국 진출을 생각할 때 '이미 먹을 게 많아서 햄버거는 안 될 겁니다'라는 분석에 주춤하자, 맥도날드는 '먹을 것을 좋아하는 분위기라 햄버거가 인기가 많을 겁니다'라는 분석으로 먼저 주도권을 잡았던 것처럼 같은 시장에 대해 어떻게 분석하느냐에 따라 다른 결과를 얻는다. 중국 사람들은 차를 마셔서 커피를 안 마실 거라는 분석이나, 찬 걸 안 먹으니 아이스크림 장사는 안될 거라는 분석도 지금 생각하면 얼마나 무식한 분석인가.

중국에서 잘 된 한국 제품에도 세대 교체가 이루어지고 있는데, 그것도 눈여겨볼 만하다. 소비자와 가까운 브랜드만 이야기해 본다면 꾸준한 식품기업 농심부터 요즘 젊은 소비자들에게 인기가 많은 스타일 난다, chuu, 젠틀 몬스터, 벨로 코, 버터 풀 앤 크리멀러스 등이 있다. 그리고 그 외에 소비자에게 보이지는 않지만, 여러 분야에서 고군분투하며 확장해 나가는 한국 기업이 있고 그런 분들이 상하이에 터를 잡고 살고 있어 기회가 되어 만날 때마다 존경의 마음이 일어난다. 그리고 그런 브랜드를 볼 때마다 괜히 한국인이라는 뿌듯함, 자랑스러움과 함께 한국적인 것이 무엇일까를 생각한다. 결론을 빨리 내리고 싶은 질문이 아니다. 매일 답의 영역이 확장되는 질문이다. 내 분석도 다 맞지는 않겠지만 이 긴긴 글에서 내가 남기고 싶은 생각은 이거다. 답을 빨리 내리지 말고, 가까이 조심히 오래 차분히 들여다보자. 마오타이 라테를 마시며 그런 생각을 했다.

다양한 브랜드와 꾸준히 협업하는 러킨커피

참고문헌

- Michelle Qiao Zhang Xuefei. (2018). Shanghai Wukang Road. Tongji University Press
- Zhou Qi. (2013). Shanghai Housewares. Tongji University Press
- Hua Xiahong Michelle Qiao Kato Siegfried Boglarka Lukacs. (2013). Shanghai Hudec Architecture. Tongji University Press
- Jiang Qinggong Xi Wenlei. (2012). Shanghai Shikumen. Tongji University Press

상하이, 너를 위해 준비했어

1판 1쇄 발행 2024년 7월 01일
1판 2쇄 발행 2024년 8월 16일

지은이 농호 상하이
펴낸이 사공훈
편집 은현희
디자인 노유진
기획 김명준
지원 F83프로젝트
후원 2023 목포문학박람회
펴낸곳 주식회사 오티디코퍼레이션
출판등록 2023년 9월 19일 제2023-000092호
주소 서울특별시 용산구 대사관로34길 21 영풍빌딩 5층(한남동)
대표전화 070-8822-2412 | **전자우편** anb_publish@otdcorp.co.kr
ISBN 979-11-987913-4-4 (03810)

* 이 책은 《2023 목포문학박람회 청년신진작가 출판오디션》 수상작입니다.
* 책 값은 표지에 있습니다.
* 이 책의 판권은 지은이와 OTD에 있습니다.
* 이 책 내용의 전부 또는 일부의 재사용은 반드시 저작권자와 출판사의 서면 동의를 받아야 합니다.
* 잘못된 책은 구입하신 곳에서 교환해드립니다.
* OTD는 여러분의 참신하고 따뜻한 이야기를 기다리고 있습니다. 원고는 전자우편을 이용해 보내주세요.